流氷にのりました

へなちょこ探検隊 2

銀色夏生

幻冬舎文庫

流氷にのりました

へなちょこ探検隊2

目次

前回屋久島に行ってから、はや6年。そろそろ次の探検に行ってもいい頃です。

銀色→菊地へのメール

「こないだふと、『へなちょこ探検隊』を読み返してみたのですが、爆笑しました。おもしろいね！　私と菊地さんの掛け合いというか。なんだか、ムードが。私たち、いいコンビじゃない？　ひとりで大声で笑っちゃった。わっはっは、って。またああいうの、やりたいね！

今度は……、流氷の知床半島とか。ううっ、寒そうだけど、そこがまた、しみじみして、よさそう〜。……さいはての地で、人生を考えたい。」

（そう、私はあの屋久島探検の本を読むと、つぼに入っちゃうのです。菊地さんの雰囲気と、それにつっこむ自分に。）

菊地→銀色

「『へなちょこ』またやりたいです。わたしも40になったので、さいはての地で人生を考えたい！」

銀色→菊地
「知床、ちょっと調べてみましたよ！
でも、今年は暖冬とかいう話が……、どうなんでしょうね、流氷。いつもは2月ごろらしいけど。流氷ウォーク、スノーシューイング、クロスカントリーなど、よさそうな気がします。大変そうだけど、いろいろ考えられそうな。ただ寒いだけだったりして……。
ドキドキ。」

菊地→銀色
「知床調べてみます。実は、一度網走に流氷見に行ったのですが、タイミングが悪かったみたいで、全然流氷がなかったのです。その時は2月に行ったと思います。クロスカントリーもしましたが、全然無理でした。スノーモービルにも乗りました。これはなんとかなりました。」

銀色→菊地

「じゃあ、今年も、流氷、ないかもね。他にどこか、おすすめの場所、ありますか？個人旅行では行かないようなところがいいです。観光客のいないような、しみじみした……。

北海道なら、網走から稚内、礼文島まで、冬のドライブっていうのも、寂しそうでいいね。

釧路から網走のルートは、夏でもすんごく寂しかったけど。特に、根室半島。泣きそうになりました。あまりの寂しさに。寂しいところに行ってみる？」

菊地↓銀色

「わたしが網走に行ったのは5年くらい前です。

流氷は、年によってというより日によって着岸したり、遠くに流れちゃったりするみたいで、運が悪いと見られない、ということだそうです。

泣きそうになるくらい寂しいドライブ……惹かれる。流氷含め、いろいろ調べてみます。」

銀色→菊地
「ちょっと寒いかなあ〜。
または、がらっと変わって、沖縄。う〜ん、へなちょこすぎる？
寂しいオキナワ、というのもあるしね。特に小さい島は、寂しさもひときわですよね。」

菊地→銀色
「わたし、2月に石垣島と小浜島行ったことがありますが、
確かに寂しかったです。でも、やることがなんにもないんですよね。
なにもしないで、ただ寂しさを噛み締める、っていうのも悪くないですが。
やはり、ここは果敢にへなちょこなりに寒いとこはどうでしょう。」

銀色→菊地
「そうだね……。頑張ってみるか……。
じゃあ、なんか、どんなところがあるか、これは、というところがあったら、教えてください。私も、考えとく。

ゆ、雪のとこだよね。つもってる感じの。
う、うにとか、い、いくらとか、ある感じの。
東北と北陸も入れていいよ。風が強そうな。寂しいとこで。
お、おんせん……。
北海道の、温泉地をめぐるドライブ。海岸線かなあ。やっぱ。
ろ、ろばた焼きと……。
ところで、菊池さん、覚悟はできてるよね。ふっふっふ。」

菊地↓銀色
「あと、か、か、蟹……?
お、温泉はかならず……。週末調べてみます。覚悟はできてます！」
「ガイドブックやホームページを見てみました。
2月中に3泊4日で行く、というのがいいと思います。網走1泊、知床2泊。
網走では軽～くガリンコ号で流氷を見て、夜はかにとか、うにとか、いくらを食べる。
知床では、流氷ウォークやスノートレッキングに挑戦!?　夜は温泉。

ちょっと、ハードでしょうか……。寂しいというより厳しい?

が、これをベースに考えてみていいですか?

挑戦ものをせず、寂しい風景を散歩するだけでもいいかとも思いますが。

問題は、車です。ドライブ……雪です、道凍ってます。

わたしは屋久島ですら運転ができない人間です。一応、女満別空港~網走~知床、全部路線バスがありますが……。あと、ホテルによっては送迎バスも。」

銀色→菊地
「そうだね。いいよ。車は、観光客でも運転できる道なら、レンタカーがいいと思うけど。

大変だったら、帰りだけ送迎バスでもいいしね。

2月なら、そう混まないだろうから、1月になって、予約しても大丈夫だよね?

その頃の方が、より氷の様子とか、わかるし。それまで、いろいろと情報集めをお願いします。装備が……、私、また買わないと。スキー服持ってないし。靴とかもいるんだよね~。では。」

（あとでわかったけど、2月は流氷時期でオンシーズンでした。）


12月下旬、打ち合わせで会う。

菊地「私もう、へなちょこじゃないですから。ホノルルマラソン、2回走りましたし」

銀色「へえーっ。じゃあ、菊地さんに全部、スケジュール、おまかせしよう」

菊地「もちろん、もちろんですよ」とたのもしい。

へなちょこじゃなくなったんだって。

菊地↓銀色
「知床の旅程を調べました。

まず、泊まりたかった知床第一ホテルが2月はすでにいっぱいでした。

可能性があるのは、知床プリンスホテル風なみ季かホテル知床。ホテル知床のほうがお風呂がよさそうなので、こちらにしようかと思います。

それから3泊4日で行く場合、飛行機の時間を考えると夕方のガリンコ号に間に合わなさそうです。また、帰りの飛行機が釧路15時発、と意外と早いです。

4泊5日にして、網走1泊というのがやはりいいかなと思いますが、いかがでしょうか。その場合、夕方網走に着いて1泊して、翌朝ガリンコ号、13時くらいのノロッコ号で知床へ。午後、ホテルにチェックイン。3日目と4日目はいろいろ体験する。5日目は釧路へ移動。ざっとこんな感じです。では、ご都合お知らせください。お願いします。」

銀色→菊地
「こんにちは。飛行機の時間、鹿児島からの乗り継ぎをじっくりと見てみました。帰りは根室中標津からが、いちばん乗り継ぎがスムーズでしたので、希望の時間のを書いておきます。日にちは、2月24日発を希望します。ガイドブックのコピーも拝見しました。スノーモービルだけは、どうも興味を惹かれなかったです。」

菊地→銀色
「了解です。では2月24日出発、網走1泊、知床3泊で、手配します。飛行機もこれで取るようにします。スノーモービルはなしで、やはりクロカンですね！」

「2月24日発、28日戻りで調整できました。
宿は、知床は前にお知らせした『ホテル知床』です。
このホテル『ネイチャーコンシェルジェ』がいるそうなので、電話でいろいろ相談してみます。網走ですが、土曜日でどこも混んでいて、『かに本陣　友愛荘』というところになりました。わたし、多分前に行ったときもここに泊まったような気がします。夜は信じられないくらいかにづくしだった記憶が……。(もちろん、宿で食べなくてもいいですが)」

銀色→菊地
「わかりました。かにづくしも楽しみです。
服装だけ、気になりますが、あったかい服だったらいいよね。耳を覆う帽子とかね。」

菊地→銀色
「今、流氷は網走の北55キロのところまで来たそうです。
1ヶ月以上かければ、網走まで辿り着く、の、では……。」

銀色→菊地
「知床、案外、あんまり寒くないかも、と思い始めました。
あったか肌着だけ、買おうと思います。あとは、あるものを使って。」

菊地→銀色
「お正月に知床に行った人によると、マイナス15度だったそうです。腹巻と股引が必要
とのこと。」

銀色→菊地
「あったか肌着を買いました。かなりぴっちりしてますね。
……そうですか、寒いということなら、腹巻、手袋、靴下など、見に行ってきます。あ
たたかい服も持ってないので。」

菊地→銀色

「そう、わたしも腹巻は買いにいきます。」
「昨日、腹巻を買いました。有楽町西武で買ったら、おしゃれ腹巻しかなく、こんなペラッとしたので大丈夫かと思いました……。」
銀色↓菊地
「あったかいてぶくろがないので、もし寒かったら、現地で買おうと思います。では。」
菊地↓銀色
「知床の『熊の家』という居酒屋を教えてもらいました。名前からして、いい感じ。地元の親父さんたちが集うそうです。楽しみです！」

出発

そして2月24日、土曜日。流氷旅行初日。

天気がよく、暑いぐらい。帽子にサングラス。ぶ厚いダウンジャケット。重いトレッキングシューズ。あたたかい鹿児島空港で、こんな服着てる人はだれもいない。まずは鹿児島から羽田へ。

　羽田空港の女満別行き出発ロビーで待ち合わせ。イスに座って待つ。30分遅れの表示がでている。朝早く起きてきたのでものすごくけだるい。

　菊地さんが来た。

銀色（以下銀）「なんか疲れた……。面倒くさい……」

菊地（以下菊）「そんなことだと思いまして」とガイドブックを取り出した。

銀「え？　そんなことだと思ったって？　なんか新しいことあるの？」
菊「いいえ、先日お渡しした資料には食べ物屋さんが載ってなかったので。どうぞ」
銀「うん。（そのガイドブックを見ながら）お昼、なに食べたの？」

菊「カレーうどんです」
銀「なんで？」
菊「北海道スープって書いてあったのでつい……」
銀「私、天むす買ってきた。今そこの売店で、おやつを2種類で迷ったんだけど……。ずんだもちとゴマだんごみたいなの、迷って、迷って、けっきょく買わなかった」
菊「おいしいものを食べて気分を盛り上げたらどうですか？」
銀「う〜ん。……やめよう。我慢した方がいい。夜、カニだし」
菊「そうですね。（ガイドブックを見ながら）やっぱり網走監獄ですよね〜」
銀「うん。……なんだろ……この……静かな気持ち……ぜんぜん楽しみじゃないこの気持ち」
菊「暑いからですよ。行って雪を見たら気持ちも変わりますよ」
銀「うん。そうだね。……もう今食べちゃおうかなあ、天むす。飛行機の中だと食べにくいことあるもんね」と言って、食べる。それから飛行機に乗って、北海道へ、いざ出発。

2時35分。女満別空港到着。着陸する時、飛行機の窓から真っ白な雪の大地が見えてわあ〜と思った。えんぴつで描いたような木立。家の屋根。道。きれいだった。
雪がさらさらと降っている。
銀「ちょっと楽しくなってきた〜」
菊「楽しいですよ。雪!……あ、ガイドブック機内に忘れてしまいました」
銀「……え? あの買ったばかりの?」
菊「でもしっかり頭にたたきこみましたので」なにを?
まずホテルに荷物を置いてから網走監獄へという予定。タクシーで「かに本陣 友愛荘」へ到着。ロビーに入ったとたん、
菊「カニの匂い」
銀「そして、だしの匂い」
菊「前もそうでした」
銀「ホテルの名まえにカニがついてるんだもんね。カニ嫌いは来ないね、ここね」
小さな和室に通される。部屋が暑い。菊地さんは隣の部屋。あまりにも暑いと思っていたら、仲居さんがすぐに暖房をとめてくれた。いつもそういうふうにしているみたい

だった。
　タクシーに乗って監獄へ。私も菊地さんも、2回目。
運転手さん「今からだと1時間しか見れないね」
菊「はい。大丈夫です。前1回来てますから」
運転手さん「そう。ゆっくり見る人だと2時間は見てるからね」
菊「はい」
運転手さん「……流氷、そうとう遠くへ行ってますよ」
　明日のガリンコ号、ただの遊覧になりそう。

網走監獄

　監獄に着いた。午後4時。もう夕方の雰囲気だ。雪がちらついている。お客さんもちらほらいて、門のところで記念写真を撮っている。中へ入ると赤レンガ門の前に人形がいた、いた。ここの人形たちがよくできていて、これらを見るだけでもおもしろい。掃除をしている人形。寒い中、ご苦労様という雰囲気。よく見ると、明治の脱獄王、五寸釘の寅吉さんだ。

コースに沿っていくとまず庁舎。甘酒のふるまいがあったので私はもらう。菊地さんは、いいって。展示されていたアザラシの剝製の写真を撮る。それから雪でつるつる滑る道を歩いて、味噌醬油蔵を見てから、前回最も印象的だった休泊所へ。これは本拠地から遠くで作業する時の仮の宿舎で、別名「動く監獄」と呼ばれていたそうだ。ここにずらりと並んだオレンジ色のふとんに寝ている人たちがとてもリアル。動く人もいた。電動の仕掛けか。この中にひとり、本当に生きてるような青年がいて……あ、いたいた、この人、前回、およそ9年前に来た時に印象的だった彼がいました。ひさしぶり。ずっとここに？　横になって目を開けていたの？

枕は丸太なのだが、それは朝、端を強くたたいて一斉に起こすためらしい。食事は立ったまま食べなければいけなかったという。

次が行刑資料館。「知られざる囚人の生活や北海道開拓の歴史、実際に囚人が使っていた生活道具など貴重な資料がたくさん」。この中もおもしろい。いろいろな展示品に気持ちが吸いよせられる。ついつい想像してしまうからだろうか。食事作りの様子も興味深い。梅干弁当が積み上げられている。漬物をとりだす人がいる。

銀「なにしろ人形の出来がいいから、みんな見入っちゃうよね。人形がよすぎるよ」

菊「そうですね〜」

「手錠・鉄丸・カニ錠」。カニ錠というのは、凶暴なふるまいをする者の両手両足を同時に拘束できる鉄製の戒具。カニの形に似てるから、また着けられた者が苦痛で口から泡を吹いて気を失うと恐れられたことから名づけられた。（おおぅ！）

「豆わらじ・豆ニポポ」。監視の目を盗み、秘かに作りお守りとして隠し持っていたもの。発見されると処罰の対象となる。豆わらじは、わらじを履いて外の世界を歩ける日が必ず来る、足を洗いたいという受刑者の願いが込められている。ニポポは原住民のお守りであったことから、願い事がかなうとされていた。（ふむふむ）

反則品「トランプ」。刑務所内での賭け事は固く禁じられているが、それでもこのように手作りのトランプや花札を作って遊ぶ者がいた。このトランプは雑居房の便所の土台石のすき間から発見されたものである。（土台石のすき間だって。ふへー、なんかいろいろ想像しちゃうなあ〜。私も、こんなトランプ作りそう〜）

続いて、五翼放射状平屋舎房。独居房が並ぶ廊下でガイドさんの説明を漏れ聞く。

食事の風景はどうしても気になります。

丸く巻かれたゴザがあったのでその説明を読む。

「受刑者歩行用のゴザ」。昭和30年頃までは、受刑者は舎房と作業場や工場への行き帰りは、土間に敷かれたゴザの上を一列になって歩行した。それは受刑者の履物は工場や検身場に保管されてはだし、冬はタビになることと、監視がしやすいためである。歩行の間は私語は一切許されず、またひとりひとりの間隔は離れすぎても近寄りすぎても直ちに注意された。（私語禁止、間隔も同じにって、いやだ〜、息詰まる〜）

脱獄王、五寸釘の寅吉の話も聞こえる。食事の時のみそ汁の汁を毎日毎日鉄格子の付け根に少しずつたらして木を腐らせて、格子をはずして脱獄したこともあったという。すごい知能犯&忍耐力、持続力だ。

そしてついに、やってきましたハイライト。浴場！

入浴は、所内生活において最も楽しみなひとときだったらしい。

「入浴方法。15人単位で脱衣から着衣まで約15分。一槽入浴（3分）、洗体（3分）、二槽入浴（3分）、洗顔（3分）が号令によって行われた。現在は電令（ベル）で合図されます。私語をしたり、浴槽の中で物品の受け渡しがないよう浴場係の看守が監視を続けます。一日に入浴できる人数は約200人で、1000人の囚徒が全員入浴するのに5日間かかりました。しかし、出所する囚徒には、その前日にひとりだけゆっくり入浴することが許されていました。」

わあ〜、ひとりで入るって、そりゃあ、いくらなんでもしみじみするねえ〜。

「入浴に必要な備品として、受刑者には白色のタオルと石けんが官給品として支給されます。官給品のタオルは白色と決められていますが、成績優良者は官給品の他に、所内で指定された物の中から選んで購入することができます。色物や柄物を購入して使用する者が増えています。石けんは盗んだり無駄使いさせないよう穴をあけてつるしたり袋に入れて使わせました。現在は官給品の石けんが木箱に備え付けられています。」

ふうむ。色物、柄物のタオルは優良者のあかしか……。うれしいだろうなあ。色つき、柄入り。

銀「……実際は老人やずんぐりむっくりもいただろうに、この人形たちみんなすごくいい体つきしてるね。若くてたくましい。こういうところはリアルにしなかったんだね。……前はどうなってるんだろう?」

菊「私も今、そう思ってました」
銀「……つるっとしてるんだろうね」
菊「そうですよね、そこまでは……」
銀「でもだったら、作りがいがないかもね。……見てみたいけど、いけないよね。入らないでくださいって書いてあるし……」などと会話もはずむ。

懲罰房。外から光が入らない闇室。規則を犯した人を起居させた。7昼夜、重湯のみとか。

銀「こういう人、いない？　こういう顔の人」
菊「いますよ。せつない顔」

観覧コースは、これでおしまい。
時間も5時だ。電灯も灯り、夕方のムードが深まっていた。
タクシーを呼んで、ホテルまでお願いする。けっこう近い。ふと見ると、カメラを入れていた黒いバッグの持ち手が千切れそうになっている。

銀「わあ、千切れそう！　食べ物の写真ばっかり撮ってたから！　ふざけてたからバチ

が？」
菊「ホントだ。切れそうですね」
銀「ホテルでなんかバッグ買おう……。
　ホテルの名まえにカニってついてるってことは、とにかく一年中カニがでるんだろうね。新鮮なのかなあ。冷凍じゃない？　3年ぐらい冷凍庫に入ってるのだったりして」
菊「そしたらスカスカですよ」
銀「こういうマンモスホテルの料理はどうも信用できない。よし、カニルポだ。顔がかゆくなるまで食べよう」
菊「ハハ。そうなんですよね」
銀「ここ温泉なの？」
菊「違うんですよ。だからカニだけなんですよ。カニだけ」

ホテルその1

売店に行ってバッグをさがす。いいのがあった、1000円の。

あれこれ見ていたら、「まりもっこり」という名まえのぬいぐるみやキーホルダーを発見。まりもの顔の緑色の人形で、股間にまりもみたいなのがくっついている。

銀「なにこれ、いやだなあ……。品がなくて。あ、でも写真撮っとこうか」

菊「撮っといてくださいよ。告発、ってことで」

銀「うん」

　写真を撮ってから、冷凍ケースの中のアイスをのぞいていたら、小学生ぐらいの男女のきょうだいがやってきてお土産を見ている。まりもっこりを見つけて、「まりもっこりは？」と興味深げ。

「高いよー」とあきらめてる。

子どもは普通にかわいいと感じるのかな。

夕食まで自由行動。風呂に入ろう。

大浴場にしてはわりと狭いお風呂に入ってから、風呂の外でやってた足マッサージを20分やってもらう。痛くなく、もの足りない感じのマッサージだった。

夕食は食事処で。個室になっている。

すでに料理は並んでいた。いつから並んでいたのだろう。いろんなカニ料理だ。

「ケイジ」というサケの刺身がおいしいという噂だったので、ここで1皿注文する。7切れで2000円。
でてきた。う〜ん。この程度か。サーモンの味。ふつうの盛り合わせの中にあったら、残したりして。毛ガニがふたりに1杯。味は……う〜ん。
たらばの酒蒸しというのもあった。でっかい丸い鉄鍋。妙に甘い。味がつけてあるのかな。
銀「このたらば、ふんわりしてるね。やわらかすぎて締まりがないね」
菊「そうですね。変に甘いですね」
銀「……茶碗蒸しって、なんでいつもあるんだろう。あんまり必要ないよね」
菊「そうですよね」
銀「茶碗蒸しがついてるってだけでワンランク下がるような気がする」
と言ってたのに、しばらくしたら、
菊「カニってちょっと食べると飽きるんですよね」
銀「うん。……なんか妙にこの茶碗蒸しが落ち着く」
ふだん食べない茶碗蒸しに食いつく私。カニって確かに、ちょっとで十分。

菊「みそ汁までカニですね」
銀「うん。小ぶりの毛ガニの足だ」
ふと今日の独房の人の顔を思い出す。
銀「あの人、悪い人に見えないんだよ」
菊「そうでしたね」
やけに隣の個室にいる人の声が聞こえる。下品でうるさい家族だ。ガラガラ声のおかあさんが子どもを叱っている。「ほら、皿、近づけて!」でも、家族仲はよさそう。よくしゃべってて。何度も叱ってる。

以前に行ったアラスカ旅行のことを思い出したので、その時の印象的な話をする。
銀「犬ぞりってあるでしょ?」
菊「はい」
銀「犬ぞりの犬が何十匹も杭につながれているんだよ。雪の上に等間隔に」
菊「はい」
銀「そしてね、それぞれの杭の近くに、それぞれの犬のおしっこの柱ができてるの。氷の柱。黄色いしっこばしら」

「へぇー」と感心する菊地さん。

そこへ、旅館の営業か、写真を撮りに来た。私たちは断ったけど、隣の家族は撮られてた。

食事も終わり、エレベーターに乗って部屋へ帰る。エレベーターの中に「霜だたみ」というサクサクしたパイ生地にカプチーノクリームをはさんだお菓子の広告があった。心が惹かれる。うう～む。じっと見ていたら、

菊「これ、おいしいらしいですよ」

銀「ホント？　気になってたんだよね……、最初に見た時から」

菊「さっき乗り合わせたおじさんが、これすごくおいしいんだよって言ってました。お土産にいいかもしれませんね」

銀「そんなに？　やっぱりね。どうも気になってたんだよね。あとで買おう」

菊「……でもちょっと口の中がパサパサするって言ってました。水分がとられるみたいな」

銀「はあー、それもリアルな感想だけに信用できるね」

10時頃風呂に行ったらものすごく人が多くて、入るのを断念。本を読んでいたら、11時には眠くなり寝る。

2月25日（日）

朝起きて、窓の外を見る。薄く朝陽のオレンジ色が見え、雲のない、いい天気。わあ、よかった。

朝食もきのうの個室。

「おわんとって！」ってきのうの怖いおかあさんの声。同じ家族だ。やはりちょっと怖い。「ヨコチンでてない？」なんて言ってるのが聞こえ、笑った。

銀「けっこう若いかもね」

菊「子どもの年齢から見ても30代ですかね。顔、見てみたいですね」

帰るとき、チラッと見えた。

菊「あの人、きのうお風呂で一緒だった人です。すごくきれいでスタイルのいい人だなあと思ったんですよ」

銀「そういうことあるよね〜」

飛行機がだんだん高度を下げていきます
広い雪原に一本道がまっすぐに続いています

葉の落ちた木がレースのようになって重なって
えんぴつ描きのデッサンのようでした

もう滑走路に着陸します
クリームみたいな雪面

雪のちらつく網走監獄入場門
みんな記念写真を撮っていました

堂々とした正門（赤レンガ門） 人形以外はみんなうつむいています

明治の脱獄王　五寸釘の寅吉によるお出迎え

庁舎の中に展示されていたアザラシの剝製

枕は木の丸太です
起こす時に強くたたいて
一度に起こしたのだそうです
ビーンと響きそう

電気仕掛けで左の人の頭が
動くようになっています
リアル

前も来た時にいたこの人
かわいい青年

ここでの食事は立ったまま
梅干ごはんとみそ汁たくあん

行刑資料館

移動中ひぐまに襲われたことも
あったらしい

食事作り風景　こうやって見るとおいしそうに見えます

戒具・手錠・鉄丸・反則品は
資料にもとづき複製したものです
手錠
蟹錠
凶暴な振る舞いをする者の、両手両足を同時に拘束できる特製の戒具。
蟹の形に似てるから、また着けられた者が、苦痛で口から泡を吹いて気を失うと思われたことから『カニ錠』と名づけられた。
網走刑務所で作られたが、使用時期、正確な用途は、不明である。
鉄丸
カニ錠

鉄丸・カニ錠など　見ているだけで恐ろしい

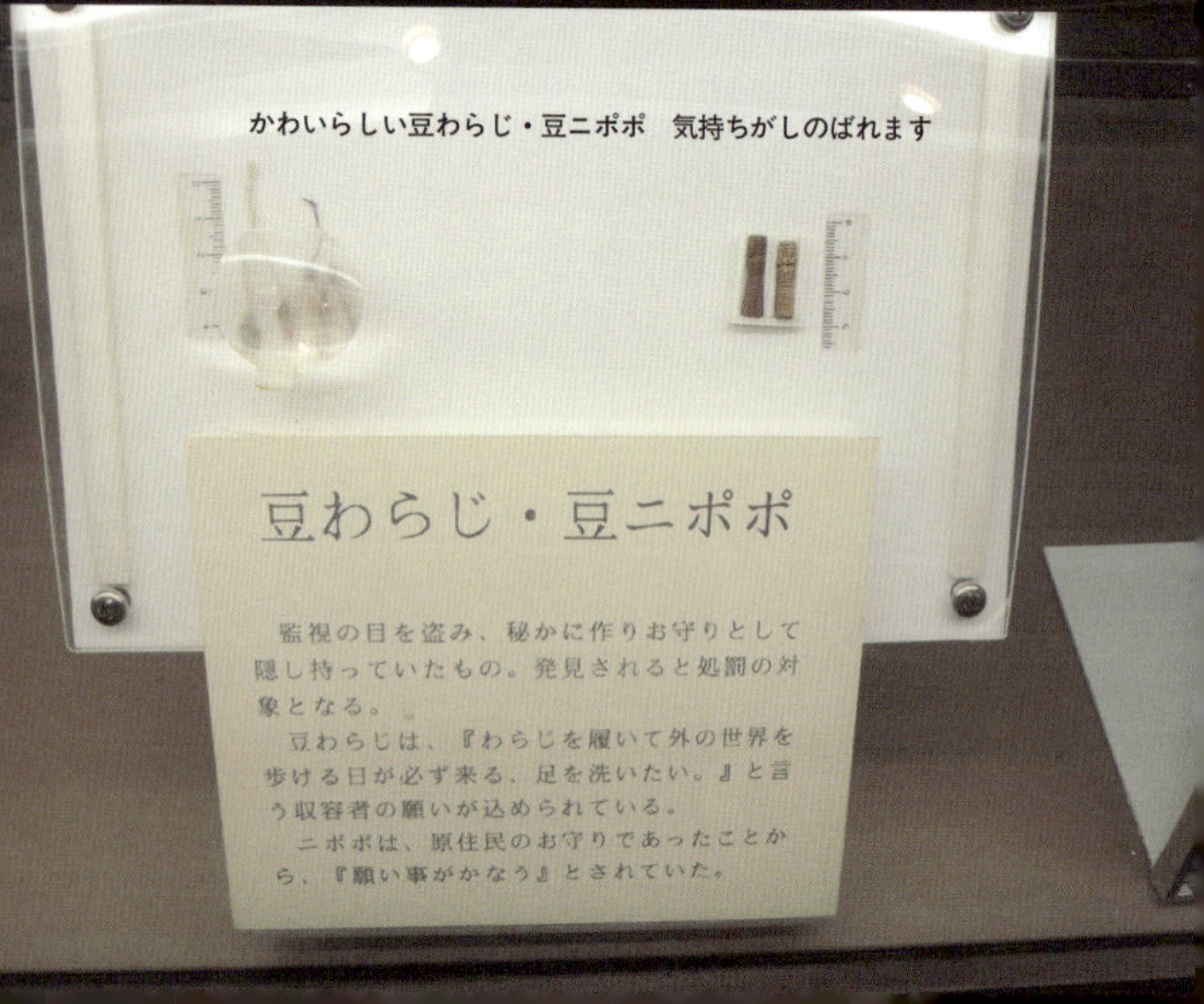
豆わらじ・豆ニポポ
監視の目を盗み、秘かに作りお守りとして隠し持っていたもの。発見されると処罰の対象となる。
豆わらじは、『わらじを履いて外の世界を歩ける日が必ず来る、足を洗いたい。』と言う収容者の願いが込められている。
ニポポは、原住民のお守りであったことから、『願い事がかなう』とされていた。

かわいらしい豆わらじ・豆ニポポ　気持ちがしのばれます

手描きのトランプ　味があります

戦時中の南の島

食事風景

ガイドさんによる説明

独居房の人

このゴザは何か
と思ったら……

浴場　最も壮観です

やけにみんなガタイがいい　色も浅黒いです

もう夕方でした　電灯も灯り　左には説明を読みふける菊地さん

カニづくしの夕食　左上がやけにやわらかかったカニ

ケイジ
味はふつうのサーモンとあんまり変わらないような……

まりもっこり　どうですか？　これ

これが霜だたみ　六花亭の

ホテルの部屋からの朝焼けです　左手に白く凍って見えるのが網走湖

声だけ聞くと下品なおばさんかと思いきや、意外にも若く美人という。その反対もあるね。

ロビーにきのうの夕食時の写真が並んでて、見ていたら、あの家族これじゃない？というのがあった。たぶんそれだ。

まず、荷物はホテルに預けておーろら号に乗りに行く（私たちが乗るのはガリンコ号ではなかった。同じようなものです）。タクシーで船乗り場まで。隣で菊地さんがダウンのボタンをパチパチパチパチパチとったりつけたりしている。ずーっと。

銀「どうしたの？」

菊「数が合わないんですよ」

銀「これじゃない？」首の下からなんかでてた。襟か。

菊「ああ」

銀「番号でも書いとけば？……流氷ってどういうの？」

菊「凍ってるだけですよ」

銀「ふうん。前に乗った時はどうだった？」

菊「バリバリバリバリ……、きれいでしたよ」

乗り場に着いた。ツアーバスがずらりと並んでいる。人が多い。ものすごい数。びっくり。

銀「そうかー、流氷って、観光の目玉だもんね～」

おーろら号

ようやく船に乗り込むが、あまりの人の多さに押し出されるように人のあまりいない脇のデッキに滑りでる。雲ひとつないいいい天気。流氷はゼロ。港の中に薄いのがパラパラ浮いてただけ。走りだした。風がつめたい。

カモメが船についてくる。エサをあげないでくださいってアナウンスされてるのにあげてる人がいて、その人のところに近づいてきてる。

アナウンス「この船は厚さ101メートルの氷を砕き……」

銀「101メートルだって!」

菊「1メートルですよ」

銀「約1メートルって言ったのか」
菊「タイタニックじゃないんですから」
銀「こんなに小さいのにすごいと思ったら。……この海、氷が浮いててつめたそう。落ちたらと思うと怖いね」
菊「手すり、低いですよね」
銀「一瞬で心臓マヒかな」
菊「そうだったらまだいいですけどね」

！……そうじゃなかったらどうなるんだろう……。口をつぐむ私。

カモメにエサやってる。
カモメがエサに近づいてくる。まるまる太った胴体が間近に見える。身がぱんぱんに詰まっていそうだ。やけに大きい。羽根を広げると1メートルぐらいありそう。カモメってこんなだったっけ……。

銀「前の時はどうだったの？　ガリガリ、ゴンゴンって？」
菊「はい。ガリガリ。みんな、わあ〜って」
銀「わあ〜って？」

すぐわきを飛ぶ

むっちりとした体の

カモメ

菊「はい。そんなにびっしりじゃなかったですけど。ところどころに固まってて。そこを目指して行ってくれるんですよ。今度こっち、次あっち、って」

銀「そう。それはまた……。わざと子どもが氷を割るために水たまりを目指すみたいに？」

菊「はい」

銀「わあ〜って？」

菊「わあ〜って。でもしばらくすると飽きますけどね」

銀「でも氷、きれいだったんでしょ？　青くて」

菊「そう。青かったです。でも今日みたいに晴れてはなくて、空は灰色でしたけどね」

　ふう〜ん。灰色かあ……。

　途中から中に入り、イスに座って外を見たりして、流氷がないだけにゆったりと落ち着いた遊覧だった。約1時間。これはこれで気持ちよかったな。船から下りたら外に出るまでに売店のお土産物の前を通る。そこにひとつだけ目を惹くものがあった。くんせいタマゴなんだけど、茶色い部分と白い部分のコントラストがやけにはっきりしているのだ。カステラかなにかのお菓子のように見えた。

タクシーに乗り込み、今度は網走湖へワカサギ釣りへ。
運転手さんが「えっ？　ワカサギ釣りですか？」とやけに驚いている。
銀「なぜですか？」
運ちゃん「女性の方はあんまり行きませんからね。エサつけるのがいやだとか……」
銀「へえー……」
菊地さんに、
銀「そのあとさあ、この北方民族博物館ってところに行きたいな（さっきの船乗り場でチラシをもらってきた）。展示品９００点だって。少ない？　しょぼいのかな？　でも写真はきれいだよ。ほら。……北方の民族に興味があるんだよね～」
菊「行きましょう」
銀「運転手さん、北方民族博物館ってどんなとこですか？」
運ちゃん「あそこは評判いいですよ～。オーロラ（館）、監獄、北方の中で、あそこがいちばんよかったって言う人もいましたよ」
銀「へえ～、行こうよ」
網走湖をちらちら見ていた運転手さんが「いたいた、とっかりくん」と言う。アザラシのこどものことらしい。「見ますか？」と車を止めてくれた。
白鳥が20羽ほどいて、その右側に1頭寝そべっている。最初その白鳥がアザラシかと思ってじっと見ていたら首をのばした時に違うとわかった。写真を撮って、また発車。
銀「きのうの夕食、10点満点で何点？」
菊「う～ん。……3点でしょうか」
銀「私も同じ。あの中でおいしいと思ったものはなかった。安心したのは茶碗蒸し」
菊「食べる前はけなしてましたよね」
銀「でもツアー客が泊まる大きなホテルってああいうものだよね。料理も何時間も前からセットされてるんだよね」

ワカサギ釣り

ワカサギ釣り場へ到着。釣りセット、ひとり１７００円。「白さし」というエサつき。釣りざおとイス。ワカサギを入れるビニール袋。
銀「テンプラにできるんだってね」

菊「そうらしいですよ。食べましょう」
銀「あ、あそこのテントだ。テンプラ鍋が見えた。……だれもいないね」
手渡された釣りざおにエサが数匹ついている。
銀「見て、このエサ、うじ虫みたい。ふふふ」
菊「でもそれ、食べるんですよ。釣ったら」
銀「！」
係のおじさんと凍った湖の上を歩いて場所を決める。まわりにはたくさんの家族連れやカップルが思い思いの場所で釣り糸をたれている。テントも多く、天気もいい。とても気持ちがいい。
電動のドリルで氷にブーンと穴をあけてもらい、穴の中へ糸をたらす。

銀「このエサの虫はなんですか？」
おじさん「これ、ハエの子なんだよね」
銀「!!」
おじさん「でもそんな食べないけどね。パクッて口開けた時に針にかかってるからね。食べないですよ」

銀「……釣れたらテンプラにできるんですか？」
おじさん「うん。有料だけどね。５００円」
ちょっと説明をして、おじさんが去る。
銀「ちょっと聞いた？　やっぱりうじ虫だったじゃん！」
菊「そうでしたね」
銀「冗談だったのに～。うじ虫みたいなもんだよって……。本物だったなんて……、ショック～……釣れても絶対食べたくない」
菊「ええ～っ！　食べましょうよ！　ここまで来たら」
銀「そお？」
菊「エサ、食べないって言ってたじゃないですか」
銀「ホントかなあ？　あれ。どうも信用できない。気持ち悪くないように、安心させるために言ってくれたのかもよ」
風もなく、いい気持ち。
菊「釣れるまでやりますよ」

太陽の光を顔にあてる。
静かで平和な気持ち。
銀「……北方、いいってよ」
菊「監獄よりいいってすごいですよね」
銀「ねえ〜。あそこはバッグンなのにね」

30分経過するも、釣りざおはピクリとも動かず。風もちょっとでてきた。ちょっと研究してくると言って、私は歩いて人々のあいだを回る。みんなそれぞれに楽しんでいるみたい。のんびりと釣り糸をたらす人。子どもたちは遊び、若者もゆったりと。はしっこまで歩いていって、引き返す。
銀「何時までやるの？」
菊「じゃあ、11時半をリミットにしましょうか」
銀「うん。……なんか私、うじ虫って聞いてからやる気がさがったっていうか……」
菊「そうですよね。釣りざお、放置してますからね」
銀「だっていろいろまわりを見て観察しなきゃいけないしね。家族連れとか楽しそうだったよ。ソリ持ってきてたり」

菊地さん、鼻歌なんて歌ってる……。私もふたたびチャレンジ。

銀「気合いで釣ってみてよ」

菊「念を入れよう」

銀「…………」

菊「…………」

銀「なんか、邪念がいっぱい入ってくるんだけど」

菊「どうしてですか？　うじ虫ってことでですか？」

銀「どうしても釣りたいって思わないんだよね。……いつもそう。ゲームでも勝負ごとでも、どうしても勝ちたいって思えない……」

ひとりで来た女の人、イスをかついで帰っていった。

菊「右の人、あきらめましたね。私たちのちょっとあとに来た人」

銀「……なんかさあ……自分の努力でどうなるものでもないよね」

菊「うまい、ヘタ、あるんでしょうかね」

銀「あるにはあるんだろうけど、一生懸命やるってこともできないしね」
菊「このゆったりした時間を楽しむものですね」
銀「うん。この太陽の陽射し……まん前から照ってる……」
同じ時に来たとなりのカップル「かかった！」。
銀「あ、お仲間だと思ってたのに～。
……さ、もうあんまり長くはいないよ。35分までね」

銀「のどかだね～。ここ、そんなにせっかちな人はいなさそうだよね」
菊「そうですね」
銀「とにかくじっと釣りざおを持って座ってることのできる人しかいないっていうことは、それだけでもわりとのんびりムードが漂ってるね。まあ家族に連れられてせっかちな人が来たとしても、ここでは急げないしね。だいたいのんびりした性格の人が多いだろうね。……じゃあ、せっかちな人はどこにいるんだろう？　駅かな」
菊「駅のコーヒーショップとかでしょうか」
銀「立ち食いそば。せっかちな人は移動中かも。じっとしてないから」

菊「どこかにゆっくりはしてませんね。…………釣れました」
わお！　写真を撮らせてもらう。11時40分。
銀「やっぱ、エサ、食べてない。おじさん、疑って悪かった～」
逃がす。

菊「じゃあ、銀色さんが釣れるまで」
銀「私はいいよ。菊地さんが釣りたいって言うからさ……」
菊「もう私はすっごく満足。今ので」
よかった、釣れて。終われるよ。

スノーダッキー

さて、釣りセットを返し、その場所から遠くに見えるもうひとつの氷上の遊び場まで、スノーモービルで連れていってもらう（有料）。そこではバナナボートとかいろんな遊具があるらしい。氷で作った花園みたいなのがあると聞いたけど見あたらず、
菊「なにか乗りましょうよ」

銀「ええーっ。乗るの？　バナナボートは海で乗って、落っこったことがあるからいやだな。これにする？　ボート。これだったら怖くなくて気持ちよさそう」
菊「これにしましょうか」
　スノーダッキー、５００円。
　それで私たちは、今回の旅行中、最悪の経験をすることになるのだが、このときはもちろん知るよしもない……。

　トコトコと歩いて乗り場まで行く。途中にあったかまくらに入ってみたりしながら。

　乗り場に着いた。だれか乗っていて、それが帰ってくるのを待つ。キャーキャー言ってる。楽しそう〜。小学5年生ぐらいの男の子が待ってたので、その子がひとり、先に乗ることになった。ちぇっ。次か。おかあさんが見送っている。スノーモービルのおにいさんにぐるぐる引かれて、回され、やがて帰ってきた。さて、ついに、次は私たちふたり。

　ふつうの水に浮くボートだ。紐をつかんで、いざ出発。

　ゴトゴト……、いきなり激痛！　凍った表面がでこぼこしていて、そこにビニールシート数枚ごしにおしりの骨が激突して、ゴンゴン飛び跳ねる！

イカン！　殺される！

隣の菊地さんも、激痛に耐えている様子。

あっと、思うまもなく、スノーモービルは加速して、おにいさん、よかれと思って、たぶん、ぐんぐんぐんぐんスピードをあげていき、ますます私たちは痛くて痛くてたまらなくなり、紐をつかんでいる手も離したらいけないし、痛いから止めてほしいけど声もでない。おにいさんはボートをつないだロープのずっと先でブーンブーン息巻いている。そしてますます早くぐるぐる回しだした。

殺されるー！　殺されるー！　止めてー！　お願いー！

でも、ひいい〜ひいい〜という痛さと恐怖にあえぐ声だけが喉からヒューヒューもれるだけ。あのおにいさんに伝えるすべはない。我慢だ、我慢するしかない。手を離したらそれこそ危険だし、ああでも、また腰を悪くしたらいやだ！　腰が、前にダイビングで痛めた腰が、またああなったらいやだ！　いやだよー！　あ〜ん、いったーい！　えーんえーんえーん！！！

紐をつかんだ手が離れそうになるので必死でぎゅっとつかむ。おしりを少しでも持ち上げようとするけど、足をつっぱれず、持ち上がらない。湖面のでこぼこの衝撃が骨を直撃する。き、菊地さ〜ん。隣も見られない。声もかけられない。

するると、ますますアクセルをふかし、最大の速さでぐるぐる回しだした。山場か。

ぎゃあ〜！　ひゃあ〜！　きゃあ〜！

菊地さんも叫んでいる。恐怖の叫びだ。この声を聞いた人は、おもしろくてたまらずに声をだしていると思うだろう。違うんだよ！　痛いよ〜、痛いよ〜、おしりの骨と、衝撃と、腰、背骨、怖いよ〜、折れる〜。折れる〜。背骨がずれるかも〜。殺される〜!!

すっかりすべての力をぬかれた私たちを乗せて、やっとスノーダッキーという名の拷問が終わった。声もなくふらふらと降りる私たち。次に乗り込む客。

……………………………………………………………………………………

……………………………………………………

泣いています。……………………………………………………

……………………………………………………………………………………

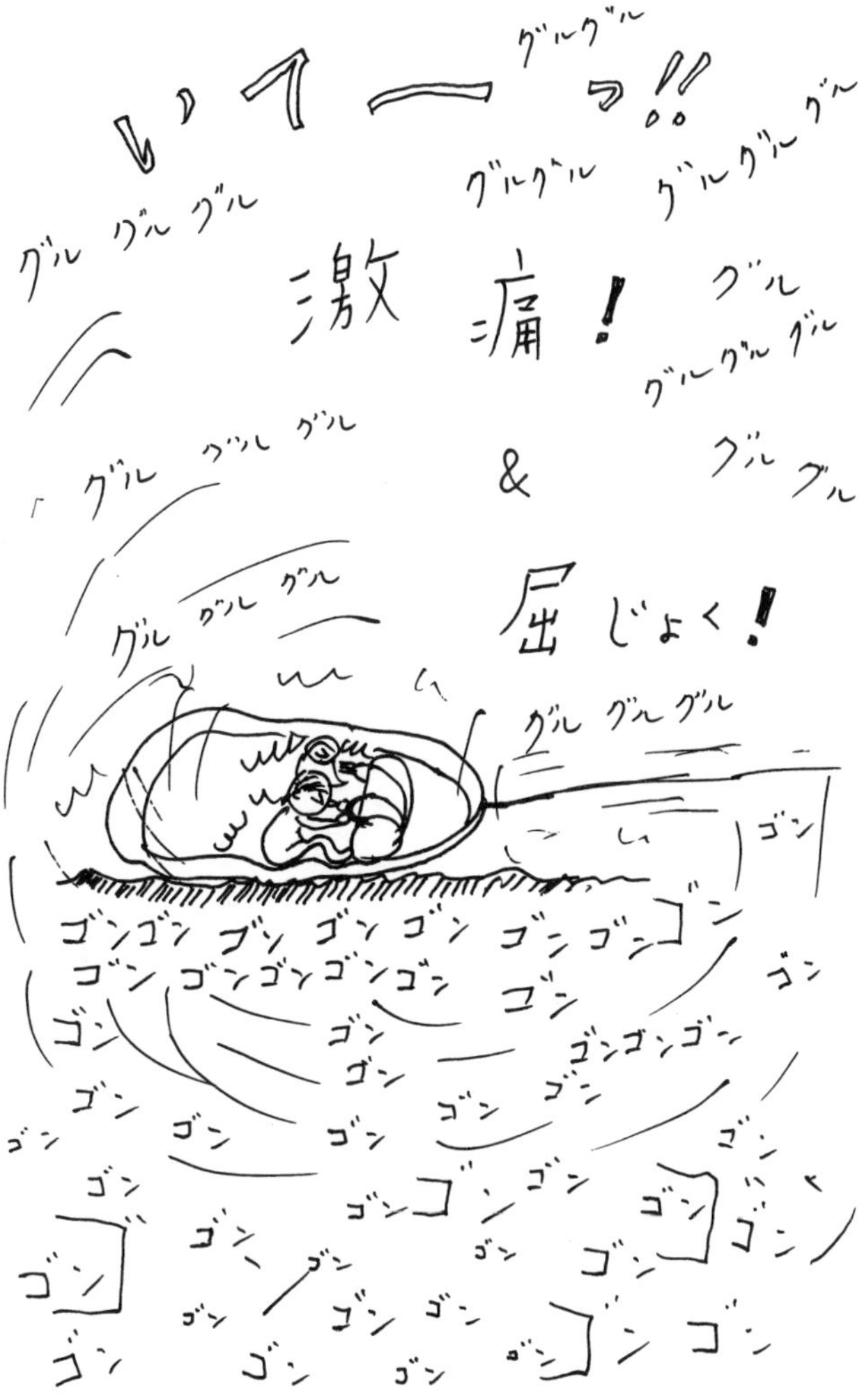
いてーっ!!
激痛!
&
屈じょく!

…………………………………………………………………………
…………………………………………………………………………（しばらく落ち着くまで時間をください）。
銀「……精根つきはてたね」
菊「私……なんか……人間としての尊厳を……踏みにじられたような……気がします……」
銀「ホント」
菊「…………」
銀「ハハハ」
菊「…………」
銀「ぐふふ……あーははは」
　地獄の口っていうのは、こんなふうに日常の中にそれとわからず開いてるんだ。人はこうやって、知らないうちに落ちているんだ。痛くて怖くて。運転してたおにいさんは楽しいんだと思って運転してたんだろうな。違うのに。まわりもだれも知らなくて。あれに乗った人だけがわかる恐怖……。あのキャーは、楽しいキャーじゃなくて、痛さの叫びなのに。

タクシーで北方民族博物館へ移動するも、あのぐるぐるで魂をぬかれたので始終ぼーっとしたまま見て回る。ここは、アイヌ民族やインディアン、イヌイット（エスキモー）など北方の諸民族の文化を紹介する博物館。北方の民族って好きなのです。魚の皮や動物の内臓の皮で作った防水着が興味深かった。アザラシの漁の仕方とか、食べ物や生活の知恵など、ビデオをゆっくり見るのもおもしろく、あれこれ想像できた。が、なにしろ魂がぬけているので、心ここにあらず。

イヌイットのところで、星野道夫を思い出す。

ふたたびタクシーに乗って、ホテルで荷物をピックアップしてから網走駅へと移動。

タクシーの中で、

銀「星野道夫がアラスカに行った経緯って知ってる？」

菊「いいえ」

銀「なんかね、学生の時に、写真集でアラスカの小さな島の集落を見たんだって。航空写真を。こんなに寒くて遠い北の果てに住んでいる人がいるんだって驚いて、いったいどんな感じなんだろうって心を惹かれて、その村の村長さんあてに手紙を書いたんだって。一度訪ねたいって。そしたら返事が来て、夏休みに来なさいって書いてあって。本当に行ったら、すごく歓迎してくれたんだって。それからの縁らしいよ。

その写真集を見て興味を惹かれたってところからもう、すでになんかだったんだろうね」

菊「そうですね。そしてそこまでなるんですものね～」

銀「うん。……そういうことって、そういう……写真を見て心惹かれるようなことって、だれの日常にもあるよね……それがなにか……人生の大きな始まりになるかもしれないんだよね……その時はわからなくても……。自分の気持ちに素直に動くって大事だね」

菊「そうですね」

星野道夫さんの書いた文章の中で特に好きな言葉があるので書いておきます。

「その人間の持つ世界の広がりとは平面の距離ではなくシワのようなものかもしれない。どれだけたくさんの深いシワをもちうるか、なのかもしれない。そんなに遠くへ出かける必要はないようだ。アラスカを13年旅してきて僕はやっとそのシワの存在に気付いてきた。」
私も年を重ねてきて思うのだが、表面をどこまで遠くへ行っても、それはただの表面でしかなくて、大事なのは深さなのだと思う。狭い世界でもそこで深く考えることがあれば限りなく遠くへ行ける。そういうことは若い時にはわからなかった。だんだんわかってくるから、年をとるのはいいことだと思う。年をとることがあまりいいことではないというイメージが日本にはあるけど、そんなことはない。シュタイナーも神智学の研究を発表するのは40歳をすぎてからでなければいけない、それ以前だと常に誤謬《ごびゅう》の危険にさらされると師に言われたというが、確かに、若いうちではダメなことってある。その年齢その年齢でなければできないことってあるから、人生に飽きるということはないんだと思う。
銀「……最近、好きなっていうか、興味のある人、だれかいる？」
菊「はい。マンガ家なんですけど、日常の暮らしを淡々と描いているんですけど、そういう……日常の中にひそむ奇妙な異空間みたいなものを表現していて、すっごくいいんですよ！……」

と、菊地さんが熱く語りだした。今回の旅の菊地さんの中で最も熱を感じたのがここ。そのマンガ家さんの名まえは覚えられなかった。

駅に着いた。狭い待合室は混み合っている。出発まで時間があったので、近くの店でラーメンを食べる。チャーシューメン、塩。なんだか、腰が痛い。

銀「なんだか腰が痛いよ」と暗くつぶやく。

菊「う～ん」

ノロッコ号とバス

13時57分発、網走↓知床斜里《しゃり》「流氷ノロッコ号」乗車。

観光客ですごい混雑。車内のストーブでイカをあぶったり、お酒を酌み交わしたり、大声も飛び交う。みんなおやつやお茶を前のテーブルに置いて、またたくまにくつろぎムード満点に。隣の車両をのぞいたら、そっちは自由席で、かなり空いていた。そっちの方がよかったか。でも、私たちも缶コーヒーを飲みながら、海に向かって並んで座るタイプの座席にちょこんと座り、景色を見ながら車窓風景を満喫。

銀「なんだかだいぶ気分がよくなってきた」
菊「私も、盛り上がってますよ」
銀「さっきまで魂がぬけてたけどね」

後ろでは「焼酎！　お茶！　焼酎！　そっちある？」などという声が飛ぶ。

しばらくすると、元気なガイドのおねえさんの解説が始まった。みんなで拍手する。

今日は、流氷がなくて残念ですね～って。流氷の氷の厚いものは、エメラルドグリーンに見えて、流氷ボタルと呼ばれているのだそう。

そして、流氷にのると危険です、と厳重に注意していた。

「今年も残念ながらおひとり亡くなっております。絶対にのらないでくださいね！」

みんな流氷、流氷って言うけど、流氷がなんだって言うんだろう。不思議。ただの氷なのに。それほどめずらしいのかな。めずらしくたって別に。だからって、私は見なくてもいいけど。……などとぼんやり思う。

ガイドさん「これからウトロへ行かれる方？」

ふりむいてハイと手をあげる。菊地さんはすまして外を見ている。

銀「菊地さん、反応しないから～。私って素直でしょう？　さっきも手、たたいたし」

菊「ハハハ」と笑ってる。

斜里に近づくにつれて、だんだん流氷が見えてきた。

途中の北浜駅で停車。駅の中の壁にはたくさんの名刺やメモが貼られている。へえ〜とながめる人々。空いた駅舎を有効利用ということで、ここは喫茶店になっていた。展望台もあり、上ってまわりを見てみた。さいはて感が漂う。みんなノロッコ号と流氷の写真を撮ったりしている。


14時48分、あっというまに斜里に着く。斜里からウトロ行きのバスは15時25分発だ。バスの待合所でしばらく待つ。バスがもう止まっていたので、いちばん前の右の席に座ろうと思い、左の席に荷物を置いて、駅の小さな売店を見たりして時間をつぶす。しばらくしてからバスに近づくと、いちばん前の右の席に人影が見える。

銀「前の席、座られてる」残念。

菊「そうですね〜」

銀「いるんだよ、前好きって。私もそうだもん」

菊「そうなんですね〜」と不思議そう。

銀「だってよく見えるじゃん」

左の席に置いといた荷物を前から2番目に置いて、左のいちばん前に座る。

出発まであと数分。バスの中はエンジンがかかってなくて、まだ寒い。すると、運転手さんがエンジンをつけてくれた。

運転手さん「今エンジンかけるのは、かなり苦しい決断なんです。うしろに社長が座ってるんで」

隣のおばちゃん「ハハハ」

運「北風に変わってきましたから、また流氷が来るかもしれませんね」

おばちゃん「ふう〜ん」

バスが発車した。途中、車窓からの雪景色を見ながら飽きずに進む。

シカが山の斜面にちらほら見える。おばちゃんが「あ、いた！　ここ！　あっちにも！」などとめずらしそうにしている。私も最初だけさがしたけど、1回見たらもういい。なのにおばちゃん、みんなに教えるように大きな声でいつまでも「いた！　そこの山の上！　ここ！　こっちいっぱいいたわ、ほらそこ！」などと言っている。「あ、あそこにも！　いっぱいいる！」

運「エゾシカ、多くなりすぎて困ってるんですよね……」

　おばちゃん、まだ、いたいた！　って言ってる。

銀「……もういいよ」

菊「ねえ」

運「そんなめずらしいものじゃないですよ」と、さすがに運転手さんも。

　そして、約50分後、バスはターミナルに無事着いて、ホテルの送迎車にて「ホテル知床」へ。同じホテルへ行くお客さんは他に男性3人組。50歳前後の旅行好きそうな仲間たち。男同士の旅なんてめずらしい。仲良さそうだった。奥さんに電話したりするところなど、けっこう細やかでいい。

ホテルその2

　チェックイン。フロントで説明を受けていて、なにかをフロントの人に尋ねられた菊地さんが「いえ、けっこうです！」ときっぱりと答えていた。いつもはっきり言う菊地さんだが、その声はいつもよりもいくぶんはっきりとしすぎていて、私とフロントマンは秘かに心の中で「そんなにきっぱり言わなくても大丈夫ですよ」と思った（と思う）。

部屋はだだっ広さがちょっと寂しいほどだ。でももう移動はないので落ち着ける。

夕方4時半にロビーで待ち合わせして、これからの計画をネイチャーコンシェルジェと打ち合わせする。流氷ウォークとスノートレッキング、早朝ワシ観察会などを予約する。

流氷ウォークにカメラは持っていかない方がいいとのこと。落とすと大変ですからって。

6時半の夕食まで大浴場に入りに行く。広いところだが人が少ない。数えるていど、ポツンポツン。露天風呂へ行こうとしたら、ドアに貼り紙が。

「一部の建物から見える位置にありますのでご了承ください」

客室から見えるのか……。そうっと露天風呂に入って、どこから見えるのか見てみる。建物が上の方にそびえているので、あそこらへんの廊下からかなあと想像する。

ロビーで待ち合わせ。ウトロまで来ると観光客も少ないのか、ロビーにも人がいない。丸い水槽にクリオネがいた。初めて見たが、おなかが真っ赤でちょっと気持ち悪かった。

クリオネ
まっ赤
うごきっぱなし

赤いのは内臓だと書いてある。
夕食はバイキング。
銀「バイキングって面倒くさいよね〜、取りに行くのが」
意外と人が多い。いったいいつこんなに人が集まってきたのか。さっきまでだれもいなかったのに。ツアー客だろうか。
入ってすぐに、お盆を手に持つと、無表情の従業員が黙ってひとり1杯のカニをお盆にのせてくれた。あまりおいしそうではないが、なんとなくもらう。
ひととおり回って皿に少しずつ盛ってきた。ホタテなど。
銀「きのうと比べてどう?」
菊「3点ですかね」
銀「えっ?　きのうと同じ?」
菊「いえ、すみません。きのうよりも低いです」
銀「このカニ、すかすか。……0点かも……」
小さな鍋を好きな材料でそれぞれに作れるようになっていたので、鍋を作ることにする。鍋で口直し。自分好みのだしとさまざまな食材。私はキムチ鍋にした。豚肉と豆腐と白菜とキムチ。すると思いのほか、おいしかった。菊地さんも、自分好みのをちんまり作って、おいしいと言っている。ひとり鍋っていうのがいくぶん寂しいが。まるで自分の家でひとりで食べているような気分。北海道のさいはて……雪の知床の大ホテルのレストランで、それぞれに、ひとり鍋……。

菊「今までの中でいちばんおいしい」

銀「安心できるね」キムチが甘くていい味になっている。

　カレーもちょっと食べた。

銀「カメラで撮ると、どんな料理もよく見えちゃうよね、どんなダメなものも」

菊「そうなんですよね」

銀「かえって撮らない方が、真実を伝えることもあるよね。……こういうところのコーヒーって、泥みたいなんだよね……」

菊「私、次、カレー食べます」

　コーヒーとケーキを取りに行く。小さな長方形のケーキが並んでいる。お菓子ケーキみたいなの。じっと見ている私を、菊地さんが一瞥して通りすぎていった。

銀「あ、でも、これ私の好きな味かもしれない」

菊「そうなんですか？」と笑っている。
銀「パサパサしたの、好きなんだよね。ココナツ味っぽい……」
　コーヒーはちょっと苦かった。ケーキは思ったよりもしっとりしていて、それほど好きっていうほどではなかった。
　カレーは魚介カレーで、小さいエビやあさりやホタテが入っていて、私はそれほど好きじゃなかった。冷凍の具材っぽい。
銀「どう？」
菊「カレーだったらなんでも好きなので」
銀「ふうん。……とにかく今日はゆっくり休もうね。精神的ショックが」
菊「大きかったですからね」
銀「うん。……あのひとりで乗った男の子……」
菊「半泣きだったんじゃないですか？　見てたおかあさんも、まさかあんなだとは思ってないと思いますよ」
銀「あれほど痛くて危険だとはね。ちょうど晴れてて、天気の具合とかなんかで、氷の状態が、最も削られたかなんかで痛かったのかもね」

菊「私たちよりもうちょっと年上の人は危ないんじゃないでしょうか」
銀「うん。背骨が折れたかも。私、ギリギリだった。手が離れそうだったもん。飛ばされそうだった」
菊「ものすごくぐるぐるぐるぐる回されましたよね、2回」
銀「特にすごかった2回目のやつ、殺されるかと思った。止めてほしいと思っても、声もでないし」
菊「短い時間だから我慢しようと思いますよね」
8時に部屋に帰り、9時過ぎには寝る。夜1時半に目が覚めたので、起きて本を読んで、3時半にふたたび寝る。

2月26日（月）
6時半起床。晴れている。窓から外を見ると、流氷が接岸している。
8時、きのうと同じレストランで朝食バイキング。
菊「きのうの夜よりも好きなものが多いですよ」
銀「……私……なんか、流氷ウォーク、いやだなあ」

おーろら号　人がいっぱい　空は晴天

船上もいっぱい

改札口もいっぱい

茶色と白の差が極端なくんせいタマゴ
妙に気になりました

こっちもいっぱい

これから出港です
港に浮かんでいる薄い氷がとてもきれい

胴体がむっちりとつまったカモメ

光る海を背に

左に白鳥のグループ　右にアザラシ

明るい光の下　網走湖でワカサギ釣りをする人々
みんなのんびりと気持ちよさそう　おにいさんに釣り方を教わる菊地さん

ドリルでブイーン

釣り穴

悪夢のスノーダッキー

ワカサギ　確かに虫を食べてない

釣れたところ

これがエサの虫

氷のかまくら

すべり台など遊びものも

北方民族博物館　内臓（腸）の皮で作った防水着など驚く衣類が

ノロッコ号のストーブでイカを焼く人々

網走駅の前でサケを売ってました

海に向かって
ふたりがけの席

ノロッコ号の車内

北浜駅で停車

駅の展望台からの眺め　みんな列車の写真を撮ってます

駅舎内に貼られた名刺など

駅舎は喫茶店に

斜里からウトロへ

バスからの眺め

ウトロへ近づく　太陽の光がもうナナメから射してます

つめたそうなシャーベット状の氷の海をバスにゆられてぼーっと眺めてました

夕方　石や漂う氷のかけらにつもる雪

ホテルの部屋からの眺め

ホテルの部屋　やけにだだっ広い

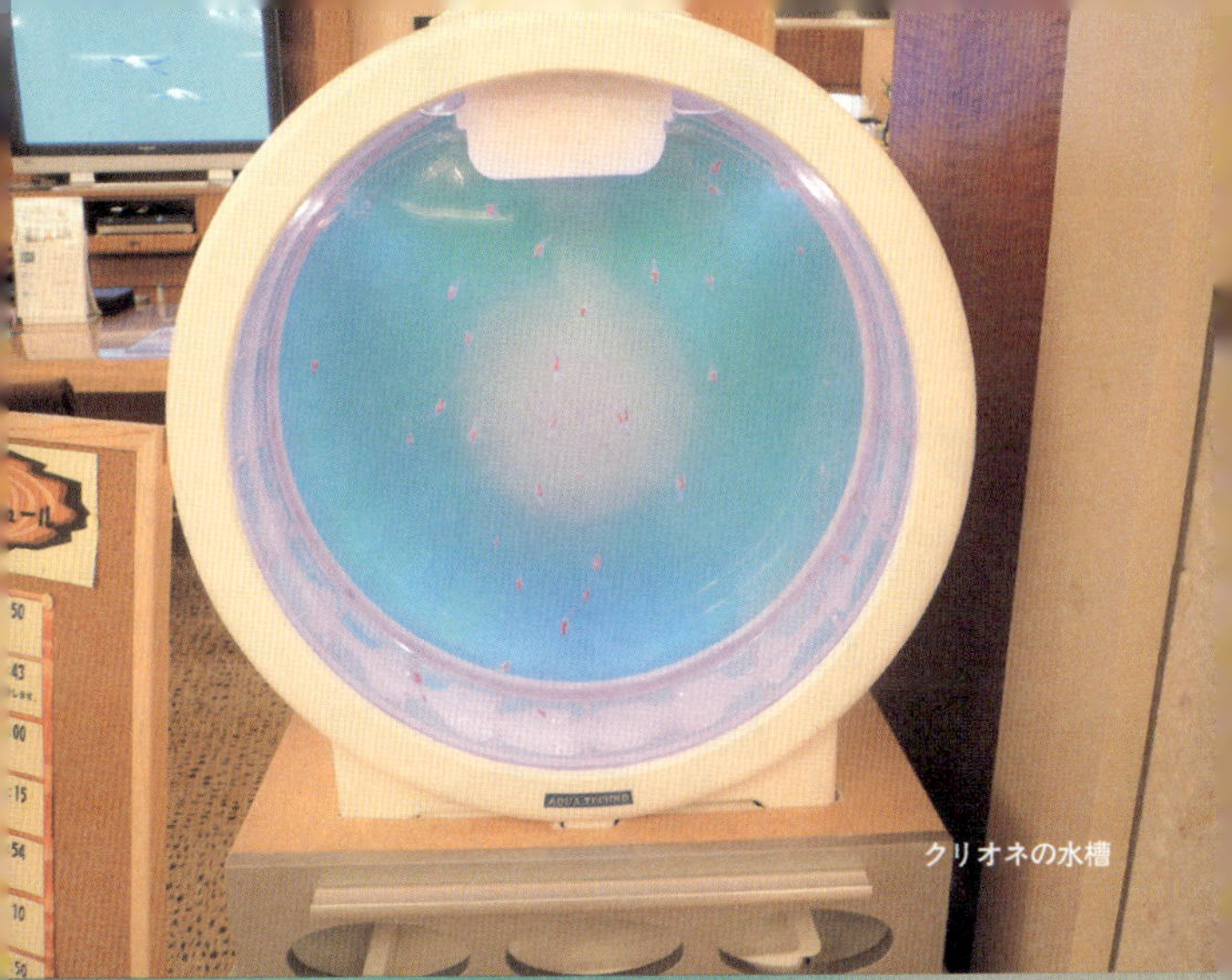

クリオネの水槽

クリオネ　赤いおなか　泳いでます

さっさっとクールにカニを渡すおねえさん

ひとり鍋の材料

鍋用の野菜とつみあげられた小鍋

ひとり鍋
ぐつぐつ

バイキングでとってきたもの

小さなひとくちケーキが並んでいる

次の朝　晴れました

流氷ウォーク　これを着ます

5人分のスーツがホテルのロビーの片隅に置かれていた

菊地さんのはきんちゃく式

ロビーでポーズ

流氷にドブーン
つめたくないよ〜　ぷかぷか浮かぶよ〜

流氷の上にのって

遠くで

防寒対策完璧
それと1000円のバッグ

そしてこの時に
このキャラ（クロちゃん）誕生。いたく気に入った
私は、その後どこへ行くにもクロちゃんで。
本のカバーもクロちゃんにしようかなと言ったら、
「それはダメです」と言われてしまった……。

お昼はウニイクラ丼

洋風かんじき　スノーシューです

遠くにシカがいます

トレッキング開始　トボトボと静かに

キハダ
シカが食べた

きれいでした

流氷をバックに

くまの爪あとが
残る木

流氷が広がっています

一枚一枚が細胞みたい

菊「ダメですよ。これがメインなんですから。なんなら、海に入らなくていいですから」
銀「いや、入るよ。入るけど、ただ、面倒ください。……それに、あれ、カメラ……」
　持っていっちゃいけないって。
菊「そうなんですよね。どうしましょう。バックアップとってないですよね」
銀「うん」
菊「私のデジカメ、持っていきましょうか」
銀「そうだね。もし落としたら弁償するから」
菊「いえ、いいですよ～」
銀「今回、今まで撮った取材写真がなくなるよりいいよね。カメラは買えるけど中身は買えないから。でも、菊地さんのデジカメの中に、なにか大事な写真入ってる？」
菊「いえ、私のは猫の写真とかですから、いいんです」
……猫ちゃん……？　いいの？　どんな猫？　どんな猫の写真？

流氷ウォーク

そして9時半。ロビーに集合。

菊「今になっていやになってきました」

銀「ふふ。さっきはあんまり考えてなかったの？」

菊「考えてなかったんですよ。来たからには行かないとー！　って。なにがいやかって、あれを着るのがいやなんですよ」

見ると、パッカーンと能天気な感じにドライスーツが展示されている。柱の脇に。

銀「そうだよね……。手足のびてるね」

長靴から首まで一体化しているスーツ。

9時40分の待ち合わせ時間に、インストラクターの若い男性が2名、他のホテルからひとり旅の男性1名が来た。ロビー隅のくまの剥製（チーコ、2才）の前にドライスーツが5つ、すでに置かれている。まずその着方を教わる。靴を脱ぎ、靴下のまま足を入れる。ついで両手。水が入らないようにか、手首のところがすごく狭い。ぎゅうぎゅう

と押し込む。それから頭を入れる。とっくりセーターみたいな小さな口に頭を入れるのが大変だった。ぎゅうぎゅうぎゅうぎゅう入れる。おかあさんから生まれてくる赤ちゃんの心境。このスーツを着ると、手足がつっぱって、まるで自分がバカになったかのように感じられ、思わず笑いがこみ上げる。菊地さんのスーツは私のとはタイプが違うようで、胸のところが開いていてそこに巾着袋のようになったスーツのはしっこをしばって入れ込むタイプ。妙だ。私のは背中のチャック。

銀「なんか、右手が浮かぶよ、ほら」と見せる。

菊「2度目の屈辱的な……」

てぶくろと帽子を渡され、その格好でソファに座り、憮然《ぶぜん》とした表情で両手をつっぱらせて、静かに待つ。

ひとり旅の男性も着終え、5人でバンに乗り込む。

流氷のところへ行く途中、ひとり旅がふりかえって「よろしく」と挨拶をしてきたので、挨拶をする。

ひとり旅「内地の人ですか？」

私たち「はい」

ひとり旅「何泊目ですか？」

私たち「2泊目です」

その人は東北から来ていて、これから夜行列車を使って道南へ行くという。旅好きそうな人だ。あとで菊地さんが「北海道の人が内地の人ですか？　って聞くならわかりますけど、北海道以外の人がそう聞くのって変ですよね」と言う。私もそう思った。内地という言葉を使いたかったとしか思えない。

港に着いた。その日の流氷の状態によって流氷ウォークが、できたりできなかったり、場所を選んだり、ただ歩くだけだったり、いろいろ変わるのだそう。

流氷がびっしりと海面を覆っている。わ〜っと驚く。こんなにいっぱい。それでも、毎年だんだん氷が薄くなっていて、今年は特に少ないとのこと。きのうのノロッコ号のガイドさんも流氷がだんだん少なくなってると言ってたなあ。

その話をする時、みんなちょっと寂しそうなのが印象的だ。子どもの数が少なくなって運動会が寂しいと言う時のおじいさんおばあさんのトーンと同じなので、それと似たことなのかなあと思う。なんにせよ人は、縮小していく感じに一抹の寂しさを感じるものなのかもしれない。私は違うけど。そのあと、それの次、それのひとまわり外側、というものをいつも見たい方なので。なんか悲しみの行き着く先みたいなものを。

そこには明るい空っぽなものがあるだけだと思うけどね。そしてそれのもっと奥には、また別の興味深い世界が広がっているような気がする。


まず、準備体操。足のスジをのばす。ちゃんとやっとかないとと思い、一生懸命にのばす。てぶくろをはめる。かなりきつい。清原似のインストラクターの青年のあとをついて、氷の上を進む。カメラはもうひとりの助手みたいな青年に預ける。私のも入れた。ビニールの袋に入れて、落ちても濡れないようにきっちりとしばっていた。最初はびくびくしながら、氷の上を進む。ぐらぐらして足場が悪いところは、清原がふりむいて手をとってくれた。その手をしっかりとつかんで次の氷の上に足を下ろす。ありがたい、たのもしい手だ。

手を貸すってこういうことだなと、ハッと思った。本当に危ない時、本当に不安な時、前を行く大丈夫な人が、うしろの不安定な人の手をとってささえてあげる。そこにはまっすぐな、危険から回避する一本の線があり、そこを踏み外さないように、相手と自分をつなぐ安全の線を通って息をつめて移動する。手をとる、手を貸す、手を貸してもらうことの、純粋で基本的な形を見たようで、秘かに感動した。ふりむくと、菊地さんも要所要所で手を貸してもらっている。なにを考えているの？

いくらか陸から離れた地点で、ついに海に入る。

足から海水に沈めていったら……、つめたくない！

しかも、ぷかぷか浮かび、おもしろい。すごく。てぶくろには水が入ってきますけど、指を動かしたらすぐあったかくなりますからとのこと。海の中で氷をつかんだり押したり泳いだりした。全然つめたくなくて、楽しい。大きな氷のかたまりのあいだにはさまれないように気をつけてくださいと言われ、ちょっと怖くなる。波で動いてはさまることがあるのだそう。助手の青年に私のカメラで記念写真を撮ってもらう。

それからまた氷の上にあがって、ポンポン飛び移りながら進んでいく。もう、一度海に入ったので怖くない。波でゆらゆらぐらぐらしている氷の上をわざと渡るのがおもしろかった。

「あそこ見てください。ウニなんです」と清原が言うので見ると、白い氷の上に点々と黒いカラが。カラスが引き潮になった海岸から、歩みののろいウニをつかまえて食べるのだという。

流氷をもって ゆらゆら
ぜんぜんつめたくないのが 不思議〜
いつまでも うかんでいたい ....

銀「へえー」
清原（以下清）「だから、このへんのカラスはウニを食べてるんですよ」
　贅沢ですねって言うなよ〜。
ひとり旅「贅沢ですね〜、ハハハハハ」
　……言ってる。
清「今は海水がシャーベット状になっていて下が見えませんが、透明な時はクリオネが見えますよ」
銀「えっ！　そうなんですか？　へー、見てみたい。ホテルのロビーのクリオネはおなかが赤かったんですけど、実際に海の中でもあんなに赤いんですか？」
清「そうですよ。あれは僕らが捕ったんですけど、あのクリオネが入ってる水槽は10万円ぐらいする特別製なんです。なんでもクリオネが食べるプランクトンが作れるらしいですよ」
銀「へー、どうやるんだろう」
清「それはちょっとわかりませんけど、放っとくと死んじゃいますからね。エサがないと」

銀「あの水槽で何年ぐらい生きるんですか？」
清「2〜3年は生きますよ」
銀「ホテルにすごく大きいのが1匹いました」
清「大きいからといって長く生きてるってわけでもないんですけどね」
銀「ふ〜ん。個体差なんだ」
清「クリオネは貝の一種なんですよ。巻貝。流氷の下にいて、流氷が消えるといなくなるんです」
菊「どこへ行っちゃうんでしょうね」
清「わからないですね……」
銀「このスーツだと全然つめたくないですね。これは特注品なんですか？」
清「そうです。多い時は修学旅行生が200名ぐらいもぐりますよ。200人といっても200着じゃダメなんですよ。大きさが違うから」
銀「ああ〜、そうですね。なるほど〜。最初の設備投資にお金がかかりますね〜」
　流氷がぶつかってキューキューいってる。おなかが鳴ってるみたい。そしてシャーベット状の海水が波にもまれてシャラシャラといい音。

氷をぽんぽん跳んで、ぐらぐらゆれて、また海に入る。海に落ちても濡れないところがおもしろい。浮かび、移動し、氷をかかえ、足で氷を蹴り、海に寝ころがる。

帰る時間になって、ひとり旅が遠くの氷の上でしゃがみこみ、カメラでなにかを撮ろうとしている。真剣な姿だ。

清「どうしても撮りたいショットがあるらしいんですよ」

銀「へえーっ。なんだろう……。でもあの人、旅を楽しんでいらっしゃるようですよね〜」

いろいろと質問も活発にしていたしな。しばらくして、気がすんだようで帰ってきた。

全員がそろい、車へと戻る。夏はガイドさんたちはサケ漁をしているのだそう。

車のところにシートが敷いてあってそこでスーツを脱ぐようになっている。助手くんが用意していた。そして、てぶくろを脱いでからがいきなり寒くなった。天国から地獄。ものすごく手がつめたい。スーツをいそいで脱いで自分の靴を履いて、車へ乗り込む。指がかじかんでいる。てぶくろを脱いだら急につめたくなったのには驚きだった。濡れた手に風があたったからかな。つめた〜い、つめた〜いと思わず声がでる。

帰りの車の中で「雪上オートバイ、バナナボートもありますよ」と清原が言うので、きのうのスノーダッキーの恐怖を熱く語ったのだがうまく伝わらず、しゃべってるうちにホテルに到着。言い足りな〜い。でもポカンとしていたようなので、私の言った恐怖がわからなかったみたいだった。ということはやはり、きのうの状況は特別だったのか。

ホテルの昼の顔

このへんの大きなホテルの昼間は観光客がいない。ほとんどの人がツアーでやってきて、夜から朝までの1泊しかいない。連泊する人はいないみたいで、昼間の客は透明人間のように、いても従業員は見て見ぬふり。売店も閉まるし、廊下も閉ざされ、ダンボールや荷物が積み上げられている。このホテルでは10時から3時までは風呂も入れないし、ロビーも電気が消えている。掃除機の音だけが響く。

このウトロの町にレンタカーはなく、タクシーは、ハイヤーが2台しかないそうだ。移動はホテルの送迎車にお願いする。

昼ごはんは町の定食屋まで送ってもらった。「番屋」という店。そこでウニイクラ丼（2500円）を注文する。ウニがおいしかった。イクラはまあまあ。ここでもケイジの刺身があって、4000円だって。帰りも迎えに来てもらう。
　ホテルの近くの民家のまわりにシカがいる。
銀「ここにもいるね」
菊「ここはいつもいるみたいですよ」
銀「そうなんだ……。きのうのおばちゃんがいなくてよかった」
菊「そうですよね」
銀「シカ、シカって。1〜2回は言ってもいいけど、それ以上はもう言わなくていいよね。もうみんな見たって」
菊「あのおばちゃん、少女でしたね」

スノートレッキング

　午後はスノートレッキング。スノーシューという洋風かんじきを靴の上から履いて、雪の原をフレペの滝まで歩くというもの。寒いという話だったので、防寒対策ばっちり。腹巻も防寒肌着も着込む。帽子も2つかぶる。

ロビーでガイドさんと待ち合わせ。いかにもネイチャーガイドさんらしいもの静かな痩せた方がいらした。車に乗って知床自然センターまで移動。海を見ると、流氷がまたたくさん接岸している。雪が降ってきた。

ガイド「最初にお話ししておかなければいけないことがありまして……」とあらたまった口調で語りだした。

　え、なんだろうと、菊地さんをひじでつつく。

銀「はい」

ガイド「きのう、ひぐまがでたとの情報がありました。今、こうしているあいだにもだれかが目撃しているかもしれなくて、パトロール隊がでますので、その場合は歩けなくなるかもしれません」

銀「はあ」
ガイド「足あとを見つけたら、ひっかえさなければなりません。
　ひぐまは突発的な動きに敏感なので、注意事項を言っておきます。まず、目をそらさない。あわてない。大きな声をださない。背中をむけて逃げない……」など注意事項は続く。

銀「はい」緊張する。

まず、知床自然センターに着き、くまの情報をチェックしてから、そこでスノーシュ
ーを履く。雪の降る中をてくてくと歩き始める。遠くにシカがいた。

ところどころで立ち止まって説明をしてくださる。

ガイド「木は必ずそこにはえている理由がありますので、木を見るといろいろなことが
わかります。白樺がはえているのは新しい林です。日があたればいいという木ですから。

風が強いところはいやだという木はとど松です」

ふむふむ、ふ〜ん。と聞きながら、あたりをきょろきょろ見る。地面にところどころ
シカのフンがころがっていたので、目をそらす。

シカが皮を食べたキハダという木を見る。きれいに剝かれている。

ガイド「シカは前歯は下あごだけにしかないんですよ」そうなんだ。

しばらく歩くと灯台へ出た。

そこからまた歩いて、岬へ。遠くまで流氷を見渡せる。細胞のようだ。雪原を見ると
たくさんの枯れた草の茎が棒のように雪面からツンツン突き出ていておもしろかった。

凍ったフレペの滝が見える展望台の前でスノーシューを脱いで、展望台へあがる。フ

レペの滝は鳥の羽根のように複雑なきれいな形で凍っていた。薄青く美しく。

それからひぐまの爪あとのついた木、ひぐまのらしき足あと、を見ながら帰る。世界遺産認定にまつわる話、北海道開拓の歴史なども話される。

約2時間半のウォーキングが無事に終わり、終点の知床自然センターの売店を見る。かなりいい運動になった。最後には足が疲れた。

銀「シカのフンを見ても、匂いもしないし乾燥していていやじゃないと思った。いつもだったらフンだらけのとこ、歩いたらブルーになるんだけど。寒いのもいいね、そういうとこ」

菊「私も、これは凍ってるんだ凍ってるんだって思いながら歩いてました」

ホテルに帰って5時まで風呂へ。だれもいない。ひとりで露天風呂にいたら、これから落ちていこうとする夕陽が見えた。そこへドドドとおばさまグループがやってきた。

「夕陽が見えるわ〜！」

「素敵、感激だわ〜」

「こんなこと、めったにないのよ」

「私たち6人だけね」

「すばらしいわあ〜」と大喜びしている様子がかわいらしい。私が先客だったので、夕陽を見る先輩扱いしてくれたことも気持ちよかった。よけようとしたら、いやいやどうぞって、気をつかってくれて。

私は男でも女でも、好きな団体と嫌いな団体がある。好きな団体は、楽しんでる人たち。嫌いなのは、迷惑なほどうるさくて、品がなかったり自慢したりする人たち。このおばさまたちは好きだったので、私も積極的に受け答えし、太陽の位置についてなど言葉を交わす。「夕陽、まだ雲の中ですね〜」「木のところですね〜」など。


夕食は6時から。きのうと違うところ。やはり連泊の人は食事も変わるみたいでよかった。でも、きのうのところを考えると、今日もあまり期待できない。明日はサケのちゃんちゃん焼きらしい。このへんのホテルは宿泊だけというのはなくて、必ず2食付なのだそう。だから夕食は外のろばた焼きでということができない。でも、最後の夜はちゃんちゃん焼きをキャンセルして、ろばた焼きへ行こうということに決めた。せめて一度は焼きたてを。

今夜のオーロラファンタジー、あす朝のオジロワシ観察にむけて気合いを入れたいと思いつつ、夕食のレストランへ着いた。和会席風でけっこういい。きのうと大違い。

「きのうは0点だったもんね」

見た目と座敷の感じがよく、隣とのあいだに仕切りもあって、すっかり機嫌をよくして食べ始める。

銀「ガイドさんってなぜクイズ形式で質問するんだろうね」

菊「そうなんですよね。屋久島でもそうでしたよね」

銀「答えがでるまで、ちょっとえらそうに待ってるし。なぜだと思いますか？って考える時間を与えて。で、わかりませんって言うと、やっと教えてくれるの。先生みたいに」

菊「そうそう」

銀「でも流氷のガイドさんはよかったよね。そういう尊大な感じもなくて」

菊「聞いたことは教えてくれて」

銀「夏は漁してるって言うし」

銀「……ダッキー、いくらくれるんだったら、また乗ってもいい？」
菊「もうわかってるから……3万円」
銀「ええっ！　私はいくらでもいやだ。体、壊しそうだもん。背骨とか腰」
菊「あれ、初めてだったからショックだったけど、2度目だったら」
銀「あれってさあ、まるで強姦されたに匹敵するぐらいの衝撃だったよね！」
菊「そうですよ！　陵辱されたような気持ちですよ」
銀「真っ裸にされて人々の前でぐるぐる引きずられて見世物にされたようなショック！」
菊「そう！」
銀「ん？　あれなに？　隣も、あっちも、テーブルの上に小さなかまくらみたいなのがあってライトが光ってる……。デザート？　違うね。私たちだけ来てない。キャンドル？　なんだろう……」
　他のコースメニューについてる飾りでした。帰りがけにじっくりと見てみた。

オーロラファンタジー

7時半からは「オーロラファンタジー」。忙しいよ、今日は。

これは、海沿いの公園でわらを焼いてその煙にレーザーをあてるレーザーショー。300円。真っ暗な中をホテルのバスに乗って出発。

「夜のバスもいいじゃん」

小雪のちらつく中を大きなバスにゆられて進む。

ホテルのツアー客もみんな一緒。観光の目玉だから。さまざまなホテルからぞくぞくとバスが集まってきた。お土産物屋が並ぶ道を通った先にトンネルがあって、その向こうが会場。ゴジラ岩というゴジラに似た岩を見ながら行く。わらを焼く匂いが空気中に充満していい匂い。菊地さんは以前にも見たことがあるのだそう。その時は、そういいとも思わなかったらしい。でも数年たってるから、バージョンアップしてるかもよと期待をもたせる。

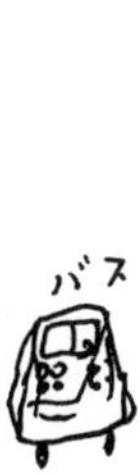

トンネルの入り口で地元の観光協会みたいな男の人に券を「ちらっとでいいから見せ

てくんないかなあ」と言われて見せたけど、その言い方が気持ち悪かった。ふつうに見せますよ。おもしろい冗談を言ってるつもりなのか。みんなに言ってたな。

たくさんの人が階段になっているところに集まっている。ウトロ中の観光客が来ているようだ。音楽と共に、レーザーショーが始まった。色つきの光。最後あたりのクリオネの絵がでるところは、海水をシャワー状に空中に撒いてスクリーンにしているそうだ。

終わった。印象は……、まあふつう。

銀「前に見た時と比べてどうだった?」

菊「同じでした。その時の感想を思い出しました」

銀「なに?」

菊「音楽が大げさだなって」

銀「ああ。世界遺産の音楽だったね」

菊「でもあの時はすごく寒くて靴の中が濡れて大変だったんですよ」

銀「へえー。それはいやだね」

みんなカニやお土産物を買ったりしている。私たちはすぐにバスに帰ってみんなが来るのを待つ。暗い港に氷が浮かんでいる。

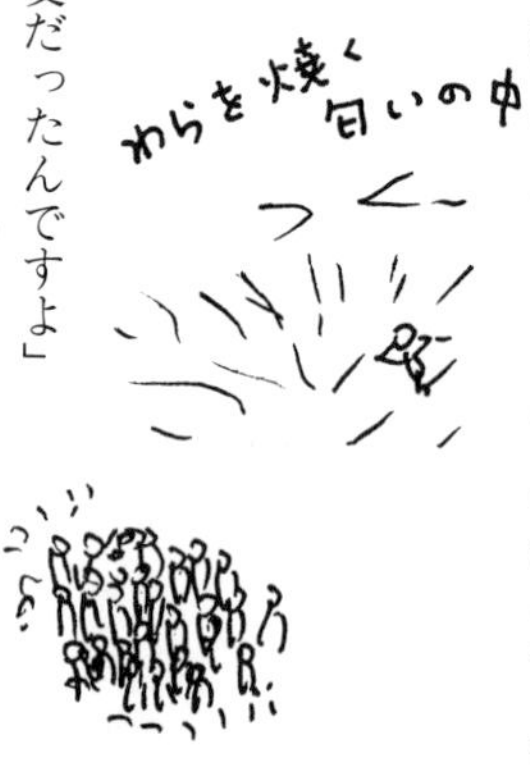

あすは早朝6時に集合して、ワシを見に行く。

早朝オオワシ・オジロワシ観察会

2月27日（火）

今日のガイドさんはさっぱり顔の誠実そうな若い青年。他のホテルからの男性ひとりと私たちの計4人でバンに乗り込む。

男性「こういうツアーに参加する人、多いですか？」

ガイド「けっこういらっしゃいますよ」

男性「かなりマニアックですよね。私はこのツアーを知るまでは、朝、タクシーで鳥のいそうなところへ連れていってもらおうと思ってました」タクシーはないよ。

ガイド「かなりの鳥好きですね」

ホントだ。この人、鳥好きみたい。

まず、海の中の岩場へ。そこにはだいたいいつもいるのだそう。双眼鏡を渡され、岩の上にいるオジロワシを見る。肉眼だと小さいけど、双眼鏡だとよく見える。

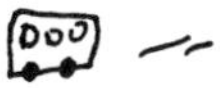

それから移動して、木の上にとまっているオオワシを見る。オオワシは日本に住む最大の猛禽類で黒と白のツートンカラーが美しい。オジロワシは淡褐色の体に白い尾羽根。どちらも絶滅の危機にあるという。ワシは、堂々と落ち着いていて、静かな威厳に満ちている。ガイドさんはちょこちょこ車を走らせながら、ちらっと見かけたらすぐに止めて、みんなで車からぞろぞろ降りて、双眼鏡でのぞく。また走る、止まる。よくいる場所に、今日はいたりいなかったり。また走る、止まる。遠くの山の上に見える。双眼鏡でのぞく。

羽根を広げると2メートル以上になる大きな鳥たちだ。大きな鳥って、なんか見ててすごいなあ〜と、かっこいいなあ〜と思う。が、わざわざこうやって必死になって探すというのもなんだかな。ワシは堂々としてるっていうのに、こっちはちょこまかちょこまかしてて、かっこ悪い。

ガイド「オオワシとオジロワシ、どっちが好きですか?」

菊「んー、オオワシです」

ガイド「そうですよね!」とやけに力を込めて言ってたのが印象的だった。

走っている途中でわりと近く、今までいちばんと言っていいほど近くにオオワシが

オオワシ は どっしり

人は ちょろちょろ

見えたので、次に止まった時に、「さっき途中にいましたよ！」と言ったら、じゃあ、そこに行きましょう、いたら教えてくださいと言われ、目を皿のようにして探したけどわからなかった。悔しい。自慢したかったのに。私が発見した、って。

それからまた探しながら帰る。

1時間のツアーだったが、やけに長く感じたなあ。後半はもういいって思うぐらい。充実していたのかと思ったら、時計を見ると、なんと時間を40分もオーバーして、じっくり見せてくれていたのだ。鳥マニアもいたしね。ホテルに帰ったのは7時40分。次の予定が詰まっている人がいたらどうするんだろうと余計な心配をする。

ガイド「今日はたくさん見れた方ですよ」

銀「へえー、そうなんだ」あれで。

ガイド「今日はこれからどうなさるんですか？」

私たち「自由に、うろうろします。温泉に入ったり……。夕陽台ってとこの日没がきれいだとか……」

ガイド「自然村の露天風呂がいいですよ。海が広く見渡せて」

私たち「へえー、そうですか！」

すぐに朝食へ。ガランとしただだっ広いレストラン。きのうと95%同じメニューのバイキング。今日はパンとコーヒーにした。

銀「しょぼくれたメニューでも、写真に撮るとよく見える」

菊「写真マジックですかね」

銀「まわりのテーブルも入れたらわびしさが伝わるかも」

撮る。

銀「ダメだ。ほら、ちょっといい感じに写ってる。北欧みたいに」

菊「そうですね」

今日の予定……午前中、散歩しながら町の写真を撮る。

昼、じゃがいも料理の「ボンズホーム」でじゃがいも料理を食べる。

「第一ホテル」の温泉に入る。「北こぶし」の温泉にも入る。

夜は居酒屋「熊の家」へ。

銀「あの自然村とかいう景色のいい温泉に行かなきゃね。ガイドくんが別れ際に教えてくれたからさ。人生ってすごろくとか伝言ゲームみたいなもので、こうやってすすめられたり伝えられたりしたものに従って進んでいくといいんだよね。いやな感じじゃなければ。あの人、いい感じだったし。メッセンジャーだよ。今日はこのホテルと第一ホテルと自然村、温泉めぐりだね」

菊「はい」

ホテルで朝風呂に入ってから、さっぱりとした気分といくぶんけだるく、11時にロビーに集合。

菊「自然村も夕陽台も、冬は、やってないんだそうです」

銀「えっ！　あのにいちゃん、情報、不確かだね〜。ここって夏と冬は営業形態が違うっていうのはわかってるだろうからそれぐらい予想して言ってほしいね。『いちおう確認してください』ぐらい言うべきだよ。ふつうに頭がまわるんなら」

菊「そうですよね。あの人、まだ新米なんですよ」

銀「メッセンジャーとまで思ったのに」

菊「かわりに北こぶしにしましょう。北こぶしの売店も大きかったですよ」うん。

お散歩。

まずホテル知床の前のスキー場に行ってみる。そこでは先生が生徒にスキーを教えていた。スキー場の上まで行くと、遠く流氷もきれいに見えるよとそこにいた人に教えられ、上までとことこ歩いていってみる。確かに遠くまで見渡せた。

それから下りて、ホテルや住宅の間の雪道を進む。犬の声。正面で犬がワンワン吠えている。近づいてみると、雪の上にでっかいのが3匹も。まっ白ででっかくてきれいな2匹とシベリアンハスキー。しばらく吠えたら安心したのか思い思いにきらくにし始めた。

土産物屋などをのぞきながらウトロの中心部へと向かう。土産物屋に入ったら店の人が奥からでてきてなんか気まずいムード。買わないと悪いような気になり、2軒入ったけど3軒目からは素通りすることにした。

お昼は喫茶店「ボンズホーム」というところでじゃがいも料理。私は7日間煮込んだというカレー。1050円。菊地さんは栗じゃがいものグラタン。780円。

カレーがきた。グラタンもきた。

銀「う〜ん。ねっとりしてる。どう？（味見してもらう）変わった……味だよね。スパイスが……」
菊「なにかが変」
銀「よく本格カレー屋に行くと、変わった味のがあるけど……」
菊「でもそういうところのは、おいしくて変わってるじゃないですか。これは……これは……」と言いながらぶるぶると首をふる。

銀「……うまみ、みたいなのがないよね。……じゃがいもは、甘さもあるけど……」
菊「うう〜む！」もう一口。
銀「どう？」
菊「……フルーツが入ってるって書いてあるけど、それが変なのでは……」
銀「グラタンはどうだった？」
菊「じゃがいもがすごく多かったです。ふだんこんなに食べることないですよね」
カレーには1個分、グラタンには、3個分は入ってたかも。
食後に栗じゃがいものスイートポテトとコーヒーをいただく。スイートポテトはあっさりとしていておいしかった。隣に旅行中と思われるご夫婦が座った。カレーを注文して食べている。特にコメントは聞けなかったが、おいしいとも言ってなかった。
トイレに行こうとしたら薄暗い廊下にでっかい黒い毛の長い犬が寝ころんでいて、どこが床でどこが犬の体なのか区別がつかず驚く。そして、ゆっくりとじっと観察しながらそろそろと足を進めた。犬ちゃんを起こさないように、ふまないようにそうっと。

また雪道をトコトコ歩いて「知床第一ホテル」へ日帰り入浴に。
このホテルは高台にあって、お風呂が広くて見晴らしがいいとのこと。確かに広い。いろいろな風呂がある。打たせ湯、寝湯、ジャグジー、薬湯、電気湯。露天風呂から眼下を見下ろす。海、町並みが見える。
銀「観光地ってちょっと寂しい感じもあるよね。……観光客相手の仕事の人ってなんかむなしさがない？」
菊「そうですよね。特にツアーガイドさんを見るとそう感じます。みなさん、スーツを着て、食事の時なんか、みんなバイキングの時、ひとり離れて食べてて……。ビールも飲めないし」
銀「そうだね」

菊「変なお客さんもいそうですよね」
銀「うん。うるさい人とかね」
　打たせ湯や寝湯をひととおり回って出る。脱衣所で服を着る。
銀「この服（フリースみたいなもこもこしたズボン）ね、実は私のパジャマ。そしてこれ、腹巻」
菊「言われないとわかんないですね」
銀「ね」
　そして脱衣所の奥はラグジュアリーな世界！　パウダールーム、応接セットみたいなソファまである。ヨーロピアン。ソファに座ってしばらくくつろぐ。

ブルーな気持ち

　ホテルに帰って休憩。4時半にロビーに集合。昼寝をした。
　起きて着替えていこうかと、ダウンを着たら、ファスナーが布を噛んで動かなくなった。どうやっても、押してもひいても動かない。このダウンのファスナーは今まで何回も噛んだ常習犯。ひさしぶりにまただ。う～ん。もう、だんだんムカムカと腹が立ってきた。それで、ついに、ハサミで切る。

　ロビーに着くやいなや、その切った部分を菊地さんに見せて、説明をする。そして羽毛がとび出るのでフロントに行ってセロテープをもらった。

菊「私の友だちも、酔って帰ってきて着ていたスカートを脱ごうとしたらファスナーが噛んでどうやっても動かなくて、泣きながらハサミで切ったって言ってました」

銀「今までは時間かけてとってたけど、もう今日はさすがに腹が立った。噛むたびに捨てようと思うんだけど、それもできず。切った時はせいせいしたよ。今度からまた切る」

　ホテルの送迎車で「北こぶし」というホテルまで送ってもらう。ここでもお風呂に入る。大きなホテルだ。日帰り入浴をしたいと告げると、玄関の脇の小部屋でトレッキングシューズをスリッパに履き直してくださいと言われる。その気持ち、わかる。トレッキングシューズで館内や風呂に行かれるとなんだか興ざめするもんね。他のお客様が。風呂は、脱衣所はきれいだったけど、中はまあまあ。あまり落ち着かなかった。デンと四角い湯船があるだけで味気なく、階段をあがった露天風呂はとってつけたよう。湯に入るとまわりの囲いで景色は見えないし、立つと景色が見えるけど寒い。早々にあがったら風呂からでたところに足マッサージがあった。だれもいない。菊地さんが来るまでやってもらおう。20分の足マッサージ。

「けっこうむくんでますね〜」と言われる。

「ああ〜。ここ数日、ずっと歩いてますから……」

「ここ、頸椎、目の疲れか、コリコリしてますね。胃、背中もはってますね〜。姿勢が悪いとか……」

「はい」

「肝機能も。むくみやすいとか、汗がでにくいとか」

「あ、汗はでやすいですけどね」

「おなか、腸も」などとさまざまな悪いところを指摘され、だんだん気が沈んでくる。

このおねえさん、上手だし、はっきりしてるし、指にマッサージダコができてる。そしてすすめられたのでふくらはぎも追加する。膝の裏が痛い。

「痛〜い」と言ったら、「老廃物がたまるところなんですよ。たまってますね」と。

フレペの滝が凍っています
風で鳥の羽根のような形に

帰り　ざくざくと歩きます

枯れた植物の茎がおもしろく突き出てる

木の幹の苔など自然の模様がきれい

海鳥コロニー
フレペの滝周辺の海食崖は、海鳥たちの格好の住
居となっています。 切り立った崖のわずかな平
坦部には、ウミウ、オオセグロカモメなどのファ
ミリーが多数見られます。
オオセグロカモメ
ウミウ
ケイマフリ

夕食　こぎれい

乾杯

ゴジラ岩を見て

オーロラファンタジーへ

トンネルをくぐって

ドーンとオーロラファンタジー　クリオネ舞う

ココ

早朝オオワシ・オジロワシ観察会　この右の岩にオジロワシがいる

ホテルの露天風呂

朝食のパンとコーヒー

北欧みたい……でもないか

みなさんこんにちは　ここはウトロのスキー場　見晴らしがいいですよ

こんなふうに遠く　水平線　流氷が望めます
後ろではスキーをマンツーマンで教えています

栗じゃがいものグラタンとカレー

栗じゃがいものスイートポテト

コーヒーを飲むクロちゃん

第一ホテルの風呂からの眺め

ラグジュアリーな脱衣所

夕食
ケイジも

菊地さんが購入した動く大ガニ

もこもこ白いものが

最初はワンワン吠えていたけど怪しいものではないとわかったようです

ホテルの廊下から見えた流氷

ロビーにて

カニの前で

おみやげ屋の前で

外でも

ホテル北こぶしの
流氷展示の前で

朝食　このベーコンエッグが固焼きになった

熊のチーコ 2 才と

氷の上の黒い点々がオオワシとオジロワシ

ここにキタキツネなんか走ってたら〜と運ちゃんは言うが……

私が好きなのはこっち

出発ロビーにて

木が使われてきれいだった中標津空港

おみやげにすすめられたチーズかまぼこ

運ちゃんがすすめた白樺

飛行機の窓から

ずっと以前に、全身のリンパマッサージをしてものすごく痛かったことを思い出した。私の体中に老廃物がたまっているのかもしれない。マッサージや整体に行くといつも悪いところを言われるからいやだったんだ。忘れてた。

終わって、「フェイシャルなどもやってますからよかったら夜にでもどうぞ」と言われる。涼みテーブルで待っていてくれた菊地さんのところへ行く。

銀「いろいろ悪いところを言われてブルーになっちゃった……」

菊「ああいうところに行く人たちって悪いって言われるのがうれしいから、言われるんですよ〜。どこが悪いここが悪いって言われて、そうなんですよ〜って言うのが好きなんですから」

そのあと、ブルーな気分で広い売店を回り、とろろ昆布の実演販売などを見る。

そして夕食。「熊の家」。6時。店にお客さんはひとり。ツアー客はみんなホテル食だからか、なんか寂しい。

銀「でもね、今日の『ちゃんちゃん焼き』キャンセルしてよかったよ。だって、きのうその会場の戸が開いてて、風呂に行く途中、中が見えたんだけど、広い畳の広間にテーブルが並んでて、夫婦ものが1組だけぽつんと食べてた。3泊もする人いないから、私たちもきっとぽつんと寂しかったよ。あまりのだだっ広さに、見ててひとごとながら悲し〜くなっちゃった」

メニューを見ながら、なににしようかな〜と考える。

銀「さっきのマッサージ、いろいろ言われて、気持ちが沈んじゃった。マッサージされるの好きじゃないみたい。昔よく行ってた顔のマッサージは気持ちいいと思ったけど、体のは……」

菊「そうなんですよね。最近、美容院に行っても、頼んでもないのに下手なマッサージとかされたりして、必ず、お忙しいですね〜なんて何も知らないのに言われてすっごいいやなんですよ。忙しくないです！　なんてムキになって反論しちゃいますよ。そう言われたい人が多いんですよね」

銀「そうだよね。前に行った整体でも、お仕事大変ですか？　って言われてそうなんです大変なんですよ〜ってみんなが先生に言ってた。大変、大変〜って、だれもが疲れた、疲れた〜、ストレス、ストレス〜って。おんなじこと言ってたよ。……私もいやだな。向いてないと思う。マッサージ」

菊「そう、もうダメですよ！　行ったら。前、前世療法とか、行ってませんでした？」
銀「ふふふ。あれはホントいやだった。気持ち悪かったよ。私には必要ないみたい」
菊「必要ないですよ、銀色さんには。今日で最後にしてください！　もう封印！　行ったら怒りますよ」
銀「そう言ってくれるなら行かないよ。本当に。いやなんだもん。人に体さわられてあれこれ言われるの。マッサージされて気持ちいいなんて思ったこともないし。落ち込まされてお金まで払って踏んだり蹴ったりだわ」
　カニの内子を菊地さんが注文したけど今はないということだった。メフン（サケの腎臓の塩辛）を頼んだら、ヘンな味だった……。珍味。酒のつまみだ。
菊「運動とかに目を向けたらどうですか？」
銀「運動、嫌いなんだよね」
菊「ジムとかは？　私も嫌いだったんですけど、好きになりましたよ」
銀「何回も行ったけど、何がいやかって、あの玄関ロビーに入る瞬間」
菊「そうなんですよね！　こんにちはー！　って、元気いっぱいに。でも私が今行ってるとこは女性限定で、やること決まってて、まるでリハビリセンターみたいでいいんですよ」

銀「そういうところだったらいいね。でも私、そこまでわざわざ行くってところがもう面倒で」

菊「ウォーキングは？」

銀「歩いてると、こんなことやってる時間がもったいないって思う」

お客さんがだんだんやってきた。5〜6人。みんな近所の常連さんのようだ。仕事の大変さなどを語り合っている。ウニ丼やほっけ、ホタテ焼きなどを食べた。ウニがおいしかった。

仕事の話になり、

銀「これから仕事で人と会ったりするのをしたいんだけど。きらくに、緊張しないで」

菊「銀色さんと会って緊張しない人はいませんよ」

銀「え？　なぜだろう……、そこらへんがいまひとつピンとこないな。私は緊張するけどね」

菊「でも銀色さんが緊張してるってことがそれほど人からはわからないんですよ」

銀「ふ〜ん。でも、緊張感がないのもまたね」

菊「そう、緊張感がないとよくないですよ。それに、銀色さんを怖いと思うぐらいの人の方が、かえって会うには安心だと思います」
銀「だよね」

7時半。菊地さんが家にカニを送りたいというので、近くにあった土産物屋へ入る。ちょうどオーロラファンタジーの時間なので賑わっている。でっかい、生きてる、水槽のカニの量り売り。スタンプがあったので記念に押していたら、「おじゃま、おじゃま、お〜じゃま、お〜じゃま」とへんなことを言う女の人が脇からむりむりっとやってきてスタンプを押して去っていった。

菊地さんが選んだカニがはかりに載せられた。足がバタバタ動いている。おっ、と思いそのバタバタ動くさまをデジカメで撮っていたら、すみませんと言ってスッとあいだに入ってきた人がいた。カニの動くさまを撮っている。見ると、今朝の鳥マニア。カニにも好奇心旺盛らしい。そのあと、配られた甘酒かなんかを飲んでいる。何につけエンジョイ派だ。奥さんと来ているらしいが、今もその気配はない。オーロラファンタジーなんか見たくないわと言われ、またひとりで来たのだろうか。

でもエンジョイしなくちゃね。
お風呂で会うツアーのおばさま方もみんな楽しそうで、小さなことにも大げさに喜んでいて、旅を楽しもうというテンションになっている。
銀「やっぱり旅好きって、人好きな人が多いのかな」
菊「でもひとり旅で静かなところに行きたい人とかは、宿でもひとりで……」
銀「うん。ひとり旅のバイク少年とかね。……悶々としてるっぽいバイク少年。人と話すのが好きな人もいれば、フラッとやってきて黙ってる人もいるよね。私もそっちかな」

8時。ホテルに迎えに来てほしいと電話をしたら、ちょうどオーロラファンタジーの時間なので行ける人がいないという。けれど、来てくれることになった。私たちだってタクシーがあるならタクシーを使うけど、ないからしょうがない。「北こぶし」のロビーで待つ。スープどうですか？　とすすめられる。ミニ流氷展示の前で記念写真を撮る。

お迎えが来た。いつもの人じゃない。女の人。

部屋の前で、

銀「じゃあ、疲れをとってね」
菊「はい」
銀「どうせ私は老廃物がたまってるけどね……」
菊「またー！　ブルーになんないでくださいよ」
銀「じゃあね」
菊「明日8時に」

なんとなくテレビをつけて見ていたら、若い男性タレントが威張った感じのコメントを発していた。男の人でことさらに男らしくふるまったり威張ったりしてる人って、まず間違いなく弱虫だ。虚勢を張る人は、弱い。本当に強い人って、人に対してはやわらかいと思う。そう考えると、威張ってる人って、子どもっぽいんだな。

帰る日

2月28日（水）

朝8時。朝食。2日目の夜のレストランと同じとこ。こちらはやはりちょっとグレードの高い朝食だった。また同じだろうと思って、食べるものまで考えていたけど。パンとコーヒー……それともきんぴらにしようか……とか。なのでうれしい。だが、よ～く見たら、ただ皿に小分けされているだけで、内容はほぼバイキングにあったものと同じだ。塩辛も豆もたらこもとろろもししゃももポテトサラダも。新しいのは固形燃料で焼く目玉焼きだけ。それも、蓋が熱いのでこちらで取りますのでと言われて待っていたら忘れられていて、固焼きになっていた。半熟が好きなのに……とふたりでつぶやきあう。

　窓の外では雪が降っている。空は曇っていて灰色。

　エレベーターで部屋に帰りながら、

銀「なんかふくらはぎが痛いけど……、痛くない？」

菊「痛くないです」

銀「なんでだろう。疲れかな。それともあのマッサージ」

菊「そうですよ！　私と銀色さんの違いといったら」

銀「でも私、ふだんから運動不足だし。……でもそうかもね。あのマッサージのおねえちゃん。膝の裏のリンパをぐいっと押した時、ものすごい激痛が走ったんだよ。ピリッ

て。変な痛みが。あの人、いやだ。足がコリコリしてるからって、胃が悪い、腸が悪い、肝臓が弱ってるなんて悪いとこばっかり言って」
菊「ネガティブマッサージャー」
　エレベーターから降りて部屋へと廊下を歩く。
銀「でもね、今までの中で思い出していちばんいやだったのは、チラシが入ってて、出張マッサージで、電話したら来てくれるんだけど、ものすごく下手で、怖いことを言うものすごく暗い男の人で、陰気な地獄からの使者かと思った」
菊「えーっ」
銀「このままでは大変なことになりますよって脅すの。すごくいやな気持ちになった。もう本当にマッサージはやめよう。好きでもないのに」
菊「そうです。いちばんの問題はそこですよ！」
　それぞれの部屋のドアを開けながら、
銀「だね。叱ってね、やったら。でももうしないけどね」
菊「はい！」

9時半。ハイヤーで中標津空港へと出発。

ハイヤーの運転手さん、どうやら鳥マニア。オオワシやオジロワシを見かけるたびに教えてくれる。かなり近くにとまっていた。今まででいちばん大きく見える。

運ちゃん「どうする？　写真撮るかい？」

銀「いえ、いいです」

運ちゃん「カメラ持ってきてないといるんだよなあ～」と悔しそう。

流氷の上にたくさんとまっている。20～30羽もいる。

運ちゃん「あんなのはめずらしいよ。魚がいるのかもなあ～」と言って車を止めてくれた。

流氷の上に黒く点々と、これきのうだったら大騒ぎだな。飛んでるのもたくさん見た。

斜里から中標津空港へと向かう道のまわりは広々として、真っ白な雪が太陽に照らされてまぶしい。車の中から写真を撮っていたら、

運ちゃん「こういうところにキタキツネなんかパーッて走ってたらいいんだけどなあ」

いや、いなくていい。

白樺の列がきれいなところがあったので、「白樺撮る？」と車を止めてくれた。白樺はそれほど撮りたくはなかったけど、そこから見える別の景色が気に入った。空に白い鳥のような雲が浮かんでいる。これを本のカバーの写真にしよう。

それからしばらく走って、線路がひかれる予定だったけどひかれずに陸橋だけが残ってるというところを見せてくれた。

運ちゃん「写真撮る？」

銀「いえ、いいです」

運ちゃん「うん、いいんでしょ？」と言いつつ、ちょっと残念そう。

11時半に中標津空港に到着。木が多用されて感じがいい。お昼ごはんに親子丼を食べる。売店をのぞくと、ここでも「まりもっこり」が売られてる。しかも「大人気」なんて書いてあり、告発する気も失せる（家に帰ってこの話をしたら、まりもっこりのキーホルダーを買ってきてほしかったと言われた。そう言われてだんだん私も買ってくればよかったと思ってきた。あれはあそこのあたりにしかなさそうだし）。

おみやげに定番のとうきびチョコ、ロイズのチョコがけポテトチップスを買う。それと店員のおねえさんがこれおいしいですよ〜、チーズがおいしいんですよ〜と言った北海道の形のチーズかまぼこを3個。帰ってからひとりで3個とも食べてしまった。

旅を終えて

今思い返してみると、なかなかおもしろかったです。寒さは思ったほど感じませんでした。トレッキング以外、長く外に出ていることがなかったからかな。ワカサギ釣りの時は、太陽が照ってあたたかくて気持ちよかったし。ぱーっと広くて、氷の上で明るくて。

いつも犬に会いますが、今回も大きなきれいな犬がいました。あの3匹の。犬とは、遠くからちらちら見合う感じが私には合っているようです。

流氷ウォークは本当におすすめです。天候やその日の条件によって違うのでしょうが、ものすごくおもしろい体験でした。海に入っても濡れないってところが奇妙な感覚で。

バタバタと駆け足だったけど、雪に埋もれることはなかったけど、観光としては楽しく過ごせて、またいつか行ってみたいと思いました。菊地さんも家族を連れてきたいと言ってました。家族を連れてきたいと思うっていうことは、本当によかったっていうことだと思います。

銀色夏生

P.S.この原稿を読んだ菊地さんが「我ながら、なんときっぱりしていることか、と思うところが多々ありました。これからはもうちょっとソフトになりたいものですが……、努力します」と感想を述べていたけど、そのままでOKです。努力禁止。そして、へなちょこシリーズ第3弾、旅の疲れがとれた頃、また行きましょう！　次はどこかな。

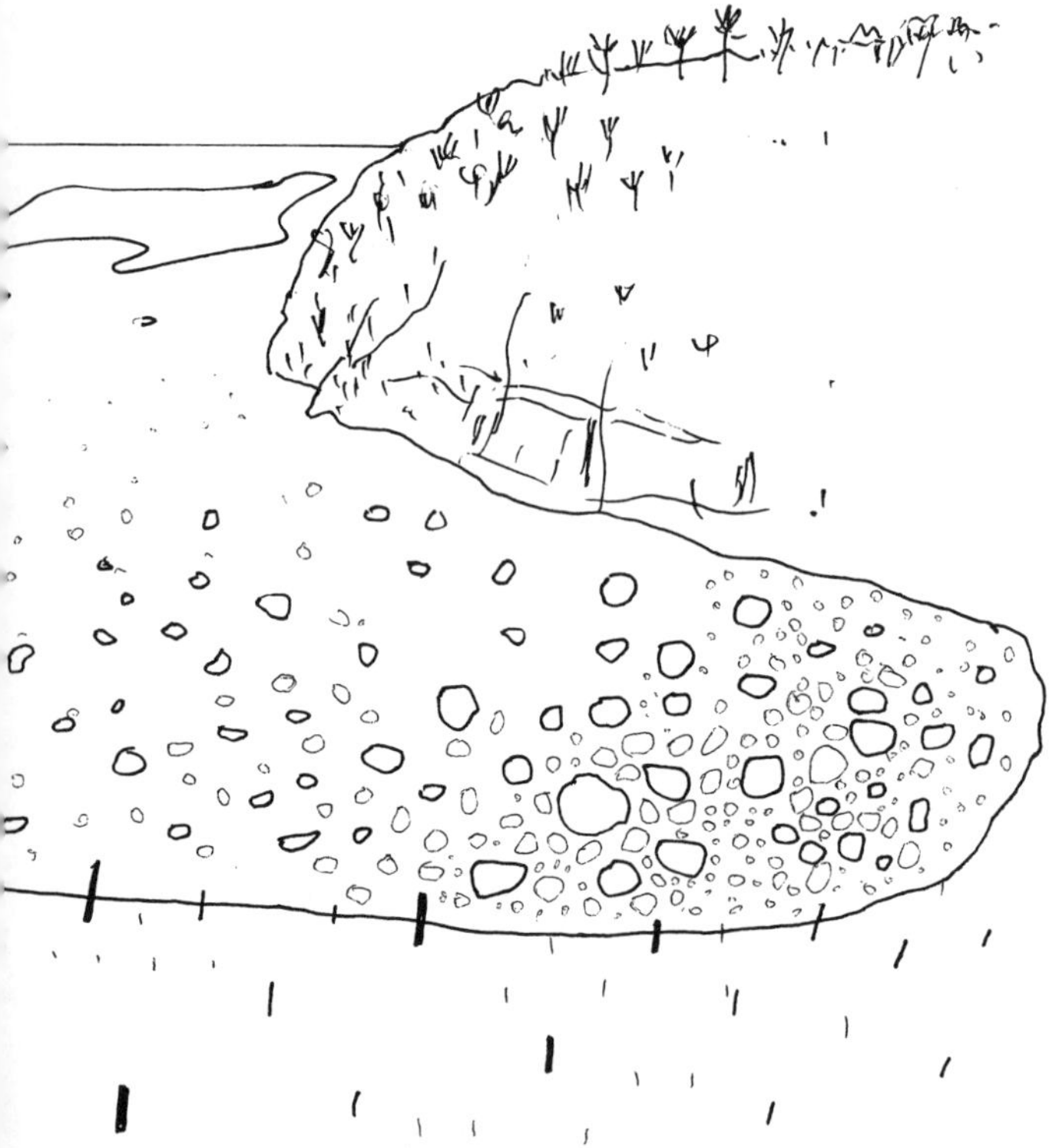

流氷《りゅうひょう》にのりました

へなちょこ探検隊《たんけんたい》 2

銀色《ぎんいろ》夏生《なつを》

平成19年8月10日　初版発行
発行者――見城徹
発行所――株式会社幻冬舎
〒151-0051東京都渋谷区千駄ヶ谷4-9-7
電話　03(5411)6222(営業)
03(5411)6211(編集)
振替00120-8-767643
印刷・製本―図書印刷株式会社
装丁者――高橋雅之

幻冬舎文庫

ISBN978-4-344-40987-3　C0195　き-3-7